张梅 著

烽火连三月

花城出版社
中国·广州

图书在版编目（CIP）数据

烽火连三月 / 张梅著. -- 广州：花城出版社，2025. 8. -- ISBN 978-7-5749-0562-7

Ⅰ. I247.5

中国国家版本馆CIP数据核字第2025LB8398号

烽火连三月
FENGHUO LIAN SANYUE

张梅／著

出 版 人	张　懿
责任编辑	周思仪　肖玉泉
技术编辑	凌春梅
封面设计	日　尧
出版发行	花城出版社
经　　销	全国新华书店
印　　刷	佛山市浩文彩色印刷有限公司
开　　本	787毫米×1092毫米　32开
印　　张	8.125　1插页
字　　数	101,000字
版　　次	2025年8月第1版　2025年8月第1次印刷
定　　价	45.00元

版权所有·侵权必究。如发现印装质量问题，请与出版社联系。
联系电话：020-37604658　37602954

献给冯秋雪、赵连城（1892—1962）

目 录

引 子 / 001

一 疾走的乌云 / 007

二 地主和轿夫 / 029

三 草堆街四号 / 055

四 再折长亭柳 / 081

五 大闹广昌隆 / 107

六 琼芳客栈 / 133

七 番禺仔 / 163

八 城堡 / 183

九 秋风秋雨愁煞人 / 207

十 芳龄永继 / 229

引 子

一九七五年夏天,广州城刚被一场很大的台风洗劫完。马路上横七竖八地躺着被台风刮倒的各种树木,临江的八旗二马路和越秀山下朱紫街的青石板被雨水洗刷得干干净净。很多地方还淌着雨水,被台风前的闷热憋坏的孩子们纷纷走出家门,赤着脚在街上玩水。

台风前几天,令人窒息的闷热让所有人都抑郁了。在抑郁的袭击下,有些人甚至脸部都变了形,肥的变瘦了,瘦的变肿了。某个胖子说,他在几天之内出了有三吨重的汗。于是有人问他,三吨的汗大概有多少?他就指一指越秀山的方向说,大概有一个游泳池吧。他之所以指着越秀山,是因为那里有一个著名的游泳池,胖子小的时候就在那里训练蛙式。提问的人接着问脸变肿的瘦子说,你的脸是如何在几天之内胀起来的?他就沮丧地指着胖子说,他身上消失的水都流到我这里来了。

所有人都摇着扇子,各种各样的扇子。当然最多人摇的是葵扇。葵扇是广东新会一带的特产,由葵树的叶手工所制,摇起来有一种植物的香气,再加上面积大,摇起来风很足,而且卖得也便宜,所以在广州的平民百姓中,基本是人手一把。

台风前的几个晚上,全城都响起了摇葵扇的声音。声音波浪起伏,犹如一支正在绵长倾诉的交响曲。一时似珠江河汊的涓涓细流,一时似台风来临的咆哮。细心之人还能听出间中的某种喃喃细语,似刚刚开过的几种花在相互摇曳,得意扬扬,还夹杂着几声叹气。甚至还有细心的人听到那首二十世纪三十年代的广东乐曲《寒鸦戏水》穿行在葵扇交响乐中。

台风来临的那个晚上,所有人都屏住呼吸,疲惫的脸上放出光芒,甚至有人摩拳擦掌,喜极而泣,流出欢喜的眼泪。在大雨倾盆而注的那一刹那,在天空不断炸响的隆隆雷声中,被闷热憋得喘不过气来的人们瞬间从床上地上席子上跳起来,露出了膨胀而不安的血管。风越刮越猛,雨越下越大。在某一条巷子里,暴风掀起了一户堆放着浮皮[1]

---

[1] 经过砂爆或油炸后的猪皮。其口感酥脆,能吸收大量汤汁,为广东羹类菜品中的常用食材。

的民居的房顶，前几天晒好的浮皮被雨水淋得面目全非。风和雨在城市的每一块空间迅速地来回奔跑，发出不可一世的狂叫。闪电不断划过天空，那些叹息声、葵扇声和音乐声淹没在闪电和雷声中，属于城市里的声音就这样慢慢平息。

台风也终于疲倦了，像听到了什么指令，一时间恢恢着迅速撤离。只有雨还在心甘情愿地下，不肯离开。但城市好像已经回过神来，不知哪一条巷子的老户子里传出咿咿呀呀的收音机的声音，还是一部红灯牌收音机。

靠近珠江边的一排老旧的骑楼下面，西关桨栏路著名食府"蛇王满"的伙计王二正站在骑楼下，满面愁容地看着天上的乌云。本来有客人订了今天的蛇羹，他要去米市路的一户人家那里拿浮皮。但是这场台风肯定把浮皮给淋坏了，客人的蛇羹也泡汤了。他在沮丧之下，看到了越来越多的人聚集到了骑楼下面，因为各种理由像他一样伸长脖子，满面愁容地看天空。

天空聚集着一团团的乌云。乌云在干净的天空中时而疾跑，时而停歇，好像对刚刚的恶作剧充满了喜悦。在白云山的上空，乌云甚至组合成一只凤凰的形状；在邻近中山纪念堂旁边的连新路上，两旁巨大的凤凰树上的火红色花朵落了满地。

在连新路旁一条小巷中憩睡着的旧式小洋楼里，赵连如——同盟会的第一批女会员之一——在弥留之际，时而清醒，时而糊涂，甚至听到了乌云的奔跑，听到了乌云的咆哮，听到了乌云的对话，听到了乌云集结在黄花岗七十二烈士墓上空的窃窃私语。那个著名的陵园，埋葬着她年轻时的战友。她每年都要去那里看他们，拿出几张发黄的照片，和他们亲切地说话，给他们敬酒。她微笑、叹气，眼睛充满泪水。已经好几天滴水不沾的赵连如突然清醒过来，像注射了强心剂。

她眼前浮现出家乡珠海斗门的一片片莲塘，白色、粉色还有深红色的荷花在天空下绽放着。她看到自己躺在一池荷花中央，她最最亲密的爱人，她的战友——冯雪秋，像他俩刚认识的那样疾步于荷花之上，向她走来。她直起身子，向他挥手……

她感觉自己飞向了窗外。

一　疾走的乌云

乌云在疾走。老太太赵连如看到自己正坐在一朵疾走的乌云上面,俯瞰着这座熟悉的城市。

这座城市一如她初见时那样,像一艘摇摇摆摆的大船。当时她和革命伴侣冯雪秋从澳门坐船过来,准备抛头颅洒热血。从天字码头下船,踏上这片土地始,她就感觉到脚下有轻微的摇荡。她惊讶地对雪秋说,我们还没有上岸吗?这种不真实的感觉伴随了她的一生。

她坐在疾走的乌云上面,第一次用这样的角度来观察这座城市,感到心情愉快。比起她第一次来的时候,这个庞然大物显得皮肤干燥了许多,身上的毛细血管没有原来的丰富充盈,有许多流淌的河涌消失了,露出干枯的土地,没有了生气。原来她们在那里训练爆炸的观音山,现在改名为"越秀山",山上的观音庙也没有了,变成了中山纪念碑。那句著名的遗言"革命尚未成功，同志仍须努力"就刻在上面。

她面无表情地看着那块纪念碑。

往前走，就是中山纪念堂，是这座城市最美丽的建筑。纪念堂前面是两棵巨大的木棉树，也叫"英雄树"，每年的五月，木棉树都会怒放出一朵朵壮硕而红艳的花朵。

她身边有各种形状的乌云在疾走。下面狂风大作，电闪雷鸣。每一朵乌云上面都有模糊或者清晰的身影。她看到原来澳门培基小学的校花梁幼瑛，娇小玲珑，聪明伶俐，骑在一朵菱形的云朵上跟她打招呼，还是那么楚楚动人。梁幼瑛是在澳门和赵连如一起举手宣誓进同盟会的，梁幼瑛身边是来自马来西亚的姑姑，姑姑像赵连如第一次在从澳门开往广州的船上见到的一样美艳和高贵，身着黑色的香云纱长裙，乌黑的发髻上插着一朵深红色的鸡蛋花。姑侄二人在广州起义前的一次爆炸刺杀行动中牺牲。

她看着梁幼瑛，心潮澎湃，热泪盈眶。赵连如在身边骑着云朵驰骋的各式人等中寻找自己最想念的两个人——碧玉和佩儿。但是没有找到。

云朵上的各式人等很快消失，如一次灿烂的海市蜃楼。她再次陷入孤独。

乌云在疾走，赵连如突然闻到一股熟悉的味道。她仔细分辨，是牛骨汤的味道。这股牛骨汤的味道使她知道自己目前处于永汉路的上空。在永汉路正对着西湖路的地方，有一家历史久远的牛骨汤店。一只巨大的铜锅日夜熬着牛骨头，熬出美味又补钙的牛骨汤。好像所有的广州人都喝过这家店的牛骨汤。店的旁边是新华书店，所有来书店买书的人都会先到这家店喝上一碗牛骨汤。她带着孙子也常常到这家店喝牛骨汤。永汉路上有条"大马站"，里面有许多书院。

越来越多的味道涌上天空。有华北饭店的煎饺子，有惠如茶楼的干蒸烧卖，有回民饭店的萨其马，还有菜根香的罗汉斋，太平馆的牛扒……这些饭店她都是那么熟悉，如数家珍。如果不是当了革命家，她应该会在澳门开一家饭店或者甜品店，做一碗杨枝甘露。想当年她还是少女的时候，就能做一手好菜，特别是红烧乳鸽。冯雪秋对她说，攻打广州府的时候，在枪林弹雨中，他闻到了她做的红烧乳鸽的香气。

牛骨汤的味道越来越浓，弥漫在天空中。透过云层，她看见伙计王二站在牛骨汤店的门口。虽然有骑楼遮头，但骑楼外是倾盆大雨。

乌云在疾走。赵连如坐在乌云上面，看到自己的身体还在那幢淡黄色的房子里，孙子凌易和老保姆阿四坐在她的身边。

保姆四姐已经在冯家做了很多年了。她来自顺德，那里盛行"自梳女"的风俗。但她既没有成为"自梳女"，也没有在姑婆屋终老。正如老话说的——"食在广州，厨出凤城"，她凭借烧得一手好菜，得到老太太的信任，在冯家过着自食其力的生活。她有自己的名字，姓"曾"。但老太太对她说，我们叫你"四姐"吧。她问为什么，老太太脸上浮现出怀念的神情说："四姐就是我的亲人。"

这一年全广州都兴起了养蚕虫。这股风是怎么刮起来的，谁也不清楚。只是从三岁的孩子到十五六岁的少年，每个人手里都拿着一个纸盒子，盒子里肯定有一只正在吐丝的肥肥胖胖的蚕虫。肥胖的蚕虫身下肯定是细心铺好了的绿油油的桑叶。

赵连如家的门前就种着一棵桑树。于是这棵桑树就招惹了一大批像凌易一般大小的孩子，他们天天站在门口，对着桑叶垂涎欲滴。

这个季节正是广州的夏天。每次打台风之前,天气都很闷热。台风前的日子,谁也没心思做什么,个个都热得像狗一样伸着舌头喘气。大人小孩都赤着上身,在水泥地上铺一张草席,靠着地上的凉气过了一夜。台风刮过了,可以有几天凉快了。大家就欢天喜地。保姆阿四拿着一把大葵扇坐在老太太旁边慢慢地摇着。这套两层的小楼是政府分配给她儿子的。这个季节,凤凰树已经开败了,地上满是掉下来的花瓣。长孙凌易正拿着红色的花瓣放在嘴里吹着,一边吹一边看着她,眼睛乌黑乌黑的。他心里惦记着那一群站在门外等着他拿桑叶出去的伙伴。

连如看到自己无力地抬起手,想摸摸孙子的脑袋。但她实在太虚弱了,手都抬不起来,只是动了一下。但凌易非常乖巧地把脑袋伸过去让她摸。她高兴地笑了。她想起和姐姐第一次去澳门的情形。那年姐姐十六岁,她十四岁。

赵连如摸着孙子散发着热气的脑袋,让阿四给了一口水。孙子懂事地对她说:"奶奶,你不要急,喝口水再说。"

"我要去珠海看望我的父母。谁知他们已经去了广州。"

赵连如的叙述断断续续,时而清楚,时而模糊。但四姐和凌易都很清楚她想说的是什么。

"我是在晚上坐轮渡从澳门到广州的。路上到处都分布着珠江的支流。

"我坐在船上想着碧玉,她比我大三岁,不仅是雪秋的姐姐,更是我的灵魂。虽然我是乡下人的女儿,但雪秋和碧玉从来都没有因此看不起我。我和碧玉姐同班,每天都是手拉着手去上学。"

说到这里,老人像少女一般地微笑起来,脸上闪闪发光。

凌易看到奶奶似乎精神好了一点,就问她:"奶奶,你要喝什么?"

赵连如清晰地回答他:"我想喝沙示汽水。"

沙示汽水是广州亚洲汽水厂出品的一款黑色的汽水,玻璃瓶子,汽很足,风行于广州年轻人之中。凌易在广州体育馆练习击剑,每次练完都要去大北路的粮油食品店买一支来喝。

凌易乖巧地说:"好的,嬷嬷,我去买。"

这时凌易的父亲和弟弟也赶了回来,围在奶奶身边。

凌易刚转身，就听见奶奶说："我要饮双皮奶。"

凌易就说："好的，嬷嬷，我去买。"

答应完嬷嬷，凌易就走到门外。他心里还惦记着那棵长满了桑葚的桑树。因为有这棵桑树，他的蚕是养得最好的。他想起自己并不知道双皮奶在哪里买，只是在一个女同学家里吃过。这个女同学家境富裕，住在莲花井的一幢楼房里，楼梯间有一个终年恒温的金鱼缸，养着五颜六色的热带鱼。上次他去这个同学家，看见她家的楼梯挂着一块牌子，上面写着"今日菜谱"，正好有"双皮奶"。于是他就问同学"双皮奶"是什么，同学的父亲就叫阿姨给他们每人做了一碗。但是这样去会不会太冒失呢？这个女同学会不会养蚕呢？可在他的印象里，女生好像都很怕虫子，一见到又白又胖的虫子就大呼小叫。那她到底喜欢些什么呢？前段时间同学们流行把糖纸夹在书本里，然后就拿出来看谁的糖纸压得最平、最漂亮。他也在书里压了好些，女孩子肯定喜欢这些。他回到自己的房间，拿了好几本夹着花花绿绿糖纸的书，怕下雨淋着，拿出油纸包好，就走出门外。

凌易住的这条街叫"后楼房下街"，前面是市政府的办公楼。马路对面就是中山纪念堂。由后楼房下街走到莲花井，可以从左边的连新路进去，也可以从右边的吉祥路进去。广州的路名很有意思，都是什么涌，什么井，什么约，光看路名，就有百河千湖的感觉。

凌易从家里出来，台风雨已经变成阵雨了。打过台风后，空气都是凉快的，前几天地面上蒸腾的热气消失得一干二净。因为打台风，养蚕虫的同学并没有聚集在他的门口要桑叶。他感到安慰。他原来的习惯是向左走到连新路，再由巷子口向右直走就到莲花井。他走出门口，正准备转左，突然看到离他不远的一个台阶上，孤零零地蹲着一只黑猫。一双绿色的眼睛很冷淡地看着他。这只黑猫好像并没有受到台风的袭击，浑身的毛都是干的。他对着黑猫做了一个恐吓的动作，嘴里发出驱赶的声音，但是黑猫不为所动，继续看着凌易。黑猫的身后是一棵鸡蛋花树，黄白色的花朵被风吹落一地。广州本地的鸡蛋花都是黄白色的，有些人还捡起来晒干放到绿茶里面。凌易本人就很喜欢鸡蛋花的香气。奶奶告诉他，马来西亚和新加坡那边的鸡蛋花是红色的，分深红和浅红。他听着很向往。他要去的莲花井的范围比他所在的后楼房下街大多了，进去后巷子纵横交错，像迷宫一样。他有许多小学同学住在那里，但不是每个人的家境都像这名女同学那么好，改革开放后，这个女同学第一时间就去了美国。

他继续跟黑猫对视。黑猫的眼神慢慢带了点嘲笑的神情。他奶奶喜欢猫，家里一直养着猫，可都是花猫或者白猫，没有黑猫。奶奶说黑猫不吉利。家里的一只大白猫因为经常到别人家里偷腊肉，后来给打断了一条腿。他挥舞双手对黑猫说，你走开，别挡着我的路，我要去拿双皮奶。

台风雨已经把地面洗得干干净净了。鸡蛋花树的后面是蔡同学的家。蔡同学聪明伶俐，是班里的学霸。父亲的身份有点神秘，平常大多都在香港，偶尔回来就在院子里摆弄花花草草，种上各种兰花。

但这只黑猫不是蔡同学养的，蔡同学不喜欢猫。正在这时，蔡同学的爸爸从院子里走出来。可能是刚从香港回来，身上的格子衬衫都是熨过的，还打了煲呔[1]，头发用发胶喷了一个奇怪的形状。因为下雨，蔡叔叔脚上穿了一双做工讲究的木屐，和他身上的衣服很不般配。凌易知道他一准是去惠如茶楼饮茶。他走出来昂首挺胸，根本没有看黑猫。他看到凌易了，笑了一下，和他抬手。凌易摇摇

1　粤语，意为领结。

头。但凌易很快又改变了主意,他甚至是这样想:是不是茶楼里也有嬷嬷要的双皮奶?这样他就不用去莲花井的女同学家里。那个女同学比较傲慢,平时也不大搭理人。

凌易快步越过黑猫,跟在蔡叔叔的后面。他隐隐感到了黑猫的敌意。蔡叔叔因为穿着木屐,走起路来四脚八叉,凌易扑哧笑出了声音。蔡叔叔奇怪地回过头来,脸上现出灿烂的笑容,亲切地挽起他的手。

惠如茶楼位于中山五路靠近吉祥路的边上,他嬷嬷说,她第一次从澳门到广州的时候就到这里饮茶了。这家的点心很好,特别是龙凤礼饼。有几个拿手的菜全广州人民都知道,比如如意香汁鸡和荷香蒸乳鸽。他爸爸回家的时候常常会带回来一只如意香汁鸡。他父亲通常都是买整只的,回家后由四姐来斩。因为先斩了怕鸡肉里的汁流出来。蔡叔叔左手牵着凌易,右手钩着伞把不停旋转,走进了惠如茶楼。

平时惠如茶楼人很多,有时还要等位子。但因为今天打台风,两个人就顺利地拿到了一张靠窗口的小圆桌。他们刚坐下,就看见对面的"蛇王满"伙计王二。

王二还在为浮皮的事情哭丧着脸。他看到没人招呼他，就扬手叫服务生。服务生好半天才过来，黑着脸摆上茶壶。王二打开茶壶的盖子，愠怒地说："我要的是香片，你给铁观音了！"服务生随手把筷子扔到他面前，嘴里嘀咕着去给他换茶叶。

　　这座城里的人，不管是大人还是小孩，男人还是女人，生活只有一个目的——饮茶。老人饮早茶，有闲太太饮下午茶，年轻的男女饮晚茶。王二自己饮早茶，媳妇饮下午茶，儿子饮晚茶。

　　因此王二常常为吃饭感到彷徨。他要饮早茶，就不吃早餐；媳妇要饮下午茶，就不吃中午饭；儿子要饮晚茶，就不吃晚饭。于是他们家常常就没有在一起吃饭的时候。

　　王二有一天觉得很气愤，就对儿子和媳妇说："你们就不能不去喝茶吗？哪怕就一次！"他说话的时候是中午，他的媳妇已经穿上了最新买的衣服，手腕上还戴了金链子。

　　听了他的话，媳妇奇怪地看着他，问："不去喝茶，我这身新衣服给谁看？"儿子因为喝茶喝到凌晨三点，所以还在房间里睡觉。

　　王二看着媳妇不快乐的脸，于心不忍地说："你们一个晚上喝,一个白天喝,那你们还有没有夫妻生活?"

媳妇听了无动于衷,随口答道:"夫妻生活有什么要紧?最主要的是喝茶。"

然后她又问王二:"你早上不去行不行呢?"

王二说:"我老了。"

媳妇就笑一笑,一副理解的样子,然后仍准备出门。

王二又问她:"你去哪一间喝?"

媳妇听了眼睛闪亮,饶有兴致地说:"我们最近发现了一个喝下午茶的好地方。"

王二听了就没兴趣,但出于某种关心,便继续问下去:"只是喝下午茶吗?"

媳妇说:"当然,你是不喝下午茶的,跟你说了也没用。"

王二忍不住又说:"下午茶有什么意思?茶点又少,我想你们一定是喝西茶的。西茶有什么呢?不就是咖啡和蛋糕?"

媳妇逐渐不耐烦,随口甩出一句:"跟你说了也没用,下午的情调多好!"然后就出门了。

王二发现他的孙子最近也染上了喝茶的毛病,一有空就缠着他父亲去喝晚茶。

他父亲问："你功课做好没有？"儿子就拿出做好的功课给他看。

但带着儿子去了一次后，他就再也不肯带了，就对儿子说："叫你妈带你去喝下午茶。"

王二的媳妇知道后很生气，向王二抗议道："看你儿子，这样的话都说得出来！下午茶是女人的事情，一个男孩怎么能去呢？不把他喝成个娘娘腔？"

王二看着没人肯带的孙子，有些心疼，就对孙子说："你要是能早上六点钟起床，我就带你去喝早茶。"

孙子想了一会儿，支支吾吾地回答："那……不行，同学会笑我的。"然后又去缠他父亲。

这个城市就是这样，一切都是在茶楼的阴影下生活。

今天刮了十二级台风，收音机里说城里的几根电缆断了，浸在水里，叫市民们不要上街。但这正是喝下午茶的时间，王二看着媳妇在穿衣服，打扮，戴耳环。

他很惊奇地问媳妇："难道你还要去？没听见收音机里说电缆断了？"

媳妇说："饮茶要有茶德，说好了风雨不改的，怎么能因为区区电缆就失约了呢？"

"你去有什么用，人家不去还不行吗？"

媳妇却笃定地说道："饮茶事小，失节事大。"说完便戴上耳环穿好裙子出去了。

于是有人在报纸上写文章，哀叹这个城市有些像一艘晃悠悠的将沉大船。

有一些迷信的人常常说老城的上空有一只眼睛。那只智慧的眼睛就常常浮现在晴天时的云朵中。当这只眼睛不满意时，晴空就会下起一场暴雨。赵连如在自己家的阳台上看见过这只眼睛。它当时隐藏在一朵马蹄状的云里。当她看到了它，它也不躲避，甚至和她对望。连如看到这只眼睛里有些忧愁。

连如有一天在茶楼见到一个长着和那只智慧的眼睛一模一样的眼睛的人，特别是他眼里的忧愁。那人独自坐在一张小圆桌上，比别的人都要高大许多，穿着一身黑色的衣服。连如定睛看他，他也不回避，甚至和她对望。此情此景，和她家阳台上发生的一样。连如站起身，向陌生人鞠了一个躬。等她直起身体的时候，陌生人的位置上只剩下一张空空的小圆桌。

当天晚上，老城里一间豪华的芬兰浴馆发生大火，烧死了十八名年轻的按摩女郎。

这间芬兰浴馆离连如的家很近。在冲天的大火中,连如走上平台望向天空,在一朵马蹄状的云朵里,看到了那只眼睛。

每逢清明节后,老城都有一天会突然乌天黑地、飞沙走石。老人说,这是一条断了尾巴的龙来"拜山"。这"拜山"是本地的方言,意思是扫墓。传说中,这条断了尾巴的龙特别淘气,不慎使它的母亲丧命,因此它年年都要回来为它的母亲扫墓。但为什么它来扫墓就飞沙走石呢?老城的人断定这条龙是伤心和不满意的。

这条龙使人想起天空中的那只眼睛,它也是不满意的。

政府统计了一下,在老城流连的外地人,有老城本地人口的一倍之多。政府又向他们做了民意调查,问他们对老城的印象最深的是什么。他们异口同声地说:"窗子。"

那么老城的窗子有什么标新立异之处而使这六百万外地人对其印象深刻呢?因为这些窗子外面都加有居民自制的铁网。本地人称它为"防盗网"。

外地人看到本地人在这些铁网里面放花盆、晾衣服、挂鸟笼、放空调的外机,就以为本地人住房面积太小。于是在调查问卷里同时都写上"请增加他们的住房面积"。

这项请求使政府哭笑不得。但政府不能对这些满怀善心的外地人说，这些铁网是为了防盗的。

老城的强盗多如牛毛。老城的妇女中，几乎没有没被抢过金项链的。你只要仔细去看，就会看到老城女人美丽的脖子上都会有一条暗红色的印记。这是她们乔装打扮，在受了伤害的脖子上戴上各种颜色的缎带。然后她们就把自己的金项链都锁在家中，或放在保险柜里。因为这个原因，城里的人造首饰空前地热销。

妇女中曾广泛流传过这样一个故事，有一个强盗，在路上把一个女人脖子上的金项链抢了。第二天，那不幸的女人在同一地点又遇上这个强盗。强盗走过来打了她一个耳光，然后骂道："臭女人，没钱就不要戴项链，还戴条K金的。"

听闻此故事后，有些妇女居然把脖子上的人造首饰换下来，戴上真的，因为她们害怕强盗不满意。她们说，钱财是身外之物，最重要的是让强盗满意。打了你的左脸，还得把右脸送上。

于是报上有评论说，老城妇女的修养太好了。但强盗们却越来越不容易满意了。他们走进一家穷人的家里，因为所得不多，就把没法搬走的电视机浸在水里。因为老城的人太有修养了，强盗在这个城市里的花样就越来越多，充分发挥了作为强盗的想象力。他们用起砖头，用起绳子，用起扮作妓女的女人；劫车杀人，入屋掳掠，绑票撕票，放火毁尸。

那么装上铁网的窗子有什么用呢？那只是一个象征。象征老城的人是有警惕性的，是对强盗加以防范的。那些铁网里的花、金鱼、洗干净的毛衣、会叫"早晨好"的鹦鹉，是他们对强盗的示威："强盗，你作恶吧，看你能影响我过好生活的决心吗？"在铺天盖地的铁网中，强盗们满意得像苍蝇那样嗡嗡着无孔不入。

在铁网的各种摆设里，强盗们可以观察到每一家的经济状况而下决心去偷哪一家。因此，总有许多戴着墨镜的男人女人在铁网下走来走去。这些戴着墨镜的强盗无视天空中那只智慧而不满的眼睛。其实他们也曾经听过这个传说，但他们对传说从来都是嗤之以鼻的。在反迷信上，强盗从来都是一马当先。有一个看过梅里美的小说的强盗告诫他的同伙，美女卡门的情人就是因为在晚上看到了一只黑猫从他的马下跑过而心生不祥，命赴黄泉的。这个强盗是在一个月黑风高之夜讲这一番话的。

第二天早上，有人看见他和一只黑猫死在一起。

当老城的人听说了有一个强盗和一只猫死在一起之后，才恍然大悟：猫本来就是治鼠的，而匪类从来就是和鼠类排在一起的。于是老城里广泛养起了猫，白猫、黑猫、土猫、北京猫、土耳其猫、波斯猫。而猫又喜欢钻出铁网里玩，于是一段时间里，老城的每一户人家的铁网上都趴着一只肥肥胖胖的猫。

这一段时间，老城似乎真的安静了下来，强盗们不知所终，在铁网下戴着墨镜走来走去的男男女女，在猫的监视下乔装打扮成拾荒者的老头老太婆，两眼无神地用肮脏的手去捡垃圾桶里的垃圾。

在猫的保护下，老城的女人开始把锁在保险柜里的金项链拿出来，正大光明地戴在脖子上。老城人因为再次出现在女人脖子上的金项链而喜气洋洋。

喜气洋洋的老城人，因为有了猫的保护就大意起来。他们首先推选了十一月中的一天为猫的生日，然后就开始指责防盗网太难看。许多防盗网是用非不锈钢做的，淋了雨就生锈。那些可恨的锈斑沾在墙上，严重地影响市容。在政府的大力保证和号召下，许多市民自发拆除了防盗网。在最后一家市民拆除防盗网的那一天，市政府破例让市民燃鞭炮，当然是真的鞭炮。

但他们万万没有想到鞭炮是猫的敌人。

当全城响起鞭炮声时，趴在窗台上的猫因为躲避不及纷纷坠下楼房而亡。

这时专家们指出，猫是非常害怕噪声的，但它们已经完成了使命。因此死去的猫不过就是英雄罢了，给人以怀念的英雄。

在猫们死去的一个星期后，老城边远的一座平房里，一个四十五岁的男人偷偷焊制起了防盗网。很快，防盗网像细菌一样飞快繁殖。一个月之内，老城又布满防盗网了。

只是人们这次有经验了，他们选择了不锈钢来焊防盗网。

于是防盗网再次成为老城的一道风景。

凌易要去的莲花井就是布满防盗网的地方。

越来越多的猫聚集在老太太赵连如的家门口。花猫、麻猫、肥猫和瘦猫，还有一只戴眼镜的猫。它们走起路来悄无声息。但她知道是他们来了，她之前的朋友，或敌人。

那么，第一个是谁呢？

六只猫排排坐在赵连如的家门口,看见赵老太太从家门口走出来,跟在孙子凌易后面。

领头的黑猫阴沉着脸说:"她不是'挂'了吗?"几只猫嗞嗞笑起来,对老大的新动词表示佩服。麻猫说:"这是她的魂魄。"黑猫说:"我们跟着她,看她去哪里。"

六只猫一只接着一只,走成一排,紧跟在飘忽向前的赵连如身后。

凌易回头看了一眼,发现几只排成队列的猫跟在后面,领头的就是刚刚那只黑猫。一阵狂风大作,一只青花盆从台阶滚了下来,差点砸到麻猫的头上,麻猫大叫一声,跳到一边。黑猫转过头来,看清楚是只花盆,不屑地对麻猫说:"胆子这么小,当年怎么会把你选进组织?"

麻猫脸上显出悲伤无助的神情:"我是淹死在漱珠涌的。"但旁边一只肥肥的黄猫,阴声阴气地嘀咕他不是在那次行动中死的。

六只猫刚转出巷口中,又是一阵铺天盖地的台风雨,黑猫破口大骂,猫们赶忙躲进巷口一家卖咸酸的小店避雨。这是家门面很小的店,平时卖些酸黄瓜、酸芥菜、酸木瓜之类的,得到许多中小学生的追捧,平时凌易也常常拿着父亲给他的早餐钱在这里买咸酸吃。

台风中咸酸店没有开门。但门口有一片小小的屋檐,平时只站得下两三个孩子,现在正好够六只猫站在下面。看着越走越远的老太太,猫们唉声叹气,气得直摆动尾巴。

肥猫叹着气说:"我们都没有给埋进黄花岗。"

其余的猫一片沉默。

黑猫恶狠狠地说:"那次行动,为什么我们都死了,偏偏她活着?还活到现在!"

它问麻猫:"你记得你是怎么死的吗?"

麻猫很想弄明白这个问题,但一直都搞不清楚。他抬起头望向灰沉的天空,蹙眉答道:"嗯……好像……是给……炸死的?"

黑猫望着那逐渐远去的身影说:"只有她知道。"

二 地主和轿夫

地主陈四眼在清晨的时候被窗外叽叽喳喳的麻雀声吵醒了。透过窗户,他看见外面一队队飞过去的麻雀。他对这些麻雀已经很了解,它们总是在下午四五点钟的时候飞到村头一棵老榕树那儿集中开会,叫声十分聒噪。在广东,好像每一个村头都有这样的一棵榕树,但现在不是早上吗?他有点茫然,一时想不起自己在哪里。随着天色越来越亮,他的注意力开始转移,很快就把麻雀忘记了。他听到母亲在隔壁房间低声念经的声音。声音是一阵阵的,一会儿很细,一会儿又没有了。他的眼前浮现出母亲坐在蒲团上手折莲花的场面,这才想起自己是在珠海斗门的家里。昨天表弟从澳门过来,在这个深秋的季节,斗门遍地是肥大的莲藕和风鳝,他和表弟兴致勃勃地喝酒到深夜。

十月初一的上午,地主陈四眼出现在龙王庙里。他没有什么心思烧香,是陪他的母亲来上香的。陈四眼的母亲今天一早起来就左眼皮跳。她依着当地的风俗吃了三粒糖莲子,也没有把眼皮子的跳压下去,因此她就心绪不宁。她于是在家里供着的菩萨前烧了香,然后再占卦,先是给她儿子求得一个功名签,签云:"才艺精通百事堪,看来豪气满岭南。有时得志荣科里,头角峥嵘天地参。"是好卦。又求得家宅签云:"几度家居见不祥,东西冲犯有灾殃。但能守得三春雪,自有东君作主张。"当即,她就叫陈四眼陪她去龙王庙上香。

陈四眼的表弟此次从澳门回来,带了个新玩意,一部有两个大轮子的车子。比原来的轿子好多了,只要一个人拉,澳门、香港、广州都叫"车仔"。广东一带的人都喜欢用"仔"字,"车仔""煲仔",叫自己的儿子"阿仔",骂自己的儿子"死仔"。表弟说这种车子是日本人发明的,故也称"东洋车",后又逐渐传到西方各国,再出现在中国的租界。表弟还带了一顶白色的无檐帽给陈四眼。陈四眼把他家的轿夫叫来拉这个车仔,自己坐上去,戴着那顶白帽子。表弟高兴得在旁边拍手称好,说他太像孙先生了。陈四眼一时兴起,叫轿夫拉着他跑,越快越好。轿夫猛地起身,迈步狂奔。车仔在凹凸不平的麻石路面上兴奋跳着,吓得陈四眼马上叫停。

由于陈四眼对上香这种事情还没有很痴迷,用他自己的话来说,就是"还没到这个年纪",所以四眼早早就离开了龙王庙,同表弟谈起了一些澳门的新情况。

四眼的父亲是个新派人物,平时和康有为、梁启超等人走得很近,把老家斗门的一大堆事情都留给了儿子。最近,他又在澳门办了一间学堂,所以家里的钱有些吃紧。表弟来了,陈四眼便向他打听澳门的事情。表弟七七八八地跟他讲了很多澳门的事情。这样,本来表弟是准备当晚就坐陈四眼家里的那条龙头船回澳门的,但是陈四眼听得有劲,就硬把他留下,备好了广东米酒。其实表弟是带了洋酒白兰地给他的,但是陈四眼喝不惯,还是要喝广东米酒。

陈四眼的家在斗门盖得算是有气派的。因为陈四眼的爷爷当年是被"卖猪仔"到的美国。本来当劳工没有几个能混得好的,但陈四眼的爷爷眉精眼企,得到一个美国工头的赏识,就把他升格为工头,让中国的猪仔管理中国的猪仔。

有一天，他用工钱买了一张彩票，居然中了。于是他就衣锦还乡，在池塘边建起了一座中西合璧的大房子，里面亭台楼阁，既有苏州园林，又有西洋的拱门和尖顶，总共一百多个房间。剩余的钱他还拿去夏威夷买房子，当时夏威夷的房子很便宜。等美国人和日本人蜂拥到夏威夷买房子，陈四眼的爷爷就把夏威夷的房产全卖了，然后到澳门置下了大批房产。他喜欢澳门是因为澳门离他的家乡近，同声同气。

地主陈四眼一直觉得自己是个美食家。

斗门一带现在都很流行的煎酿莲藕和炖禾虫就是他发明的。陈四眼有一个很讲究的饭厅。饭厅伸出花园，有门廊和厨房相连，好让下人把菜送到饭桌上。饭桌肯定不含糊，是酸枝做的八仙桌，三面都是彩色的满洲窗。天气好的时候推开窗户，便可看见园林的树木和假山，可谓满眼风光。

这个时候在饭厅里，陈四眼正和表弟举杯畅饮。陈四眼正夹着一块煎酿莲藕放进嘴里。桌上还摆着白切鸡、炖禾虫、豉汁蒸白鳝等菜色。

陈四眼指着盘成一团的白鳝说："表弟，快吃。秋风刚刚起，正是吃鳝的时候。"

表弟答:"白鳝一上桌,我母亲就快要回斗门了。"

表弟的母亲是陈四眼的姨妈,与陈四眼的母亲都在澳门长大。陈四眼的父亲到澳门读书,认识了冯家两姐妹。他当时其实是喜欢姐姐的,但因为姐姐已经有了意中人,所以他就娶了妹妹。两姐妹都喜欢吃鳝,每逢秋天这个时候,斗门这一带的莲藕、蛇和白鳝都要上市,住在澳门的姐姐就过来斗门,一则看望妹妹,二则住住这个在澳门也很有名的大宅,三则饱饱口福。

陈四眼喝了一口酒,说道:"孙文最近和我爷爷、父亲走得很近,你在澳门见着他,代我向他求一幅字。"

表弟也喝一口:"主要是我母亲和孙文的秘书在旧金山就识得,所以也介绍给爷爷认识。爷爷欣赏孙中山的口才,这才走近了。"

"那爷爷到底是支持康梁还是支持孙文?"

"不知道爷爷到底支持谁。反正他和他们都很好。"

"你尝一下。现在是禾虫最肥的时候了。"陈四眼把一只土色的瓦钵推到表弟的面前说。

"禾虫?"表弟似乎第一次听闻此物。

"不要动,很烫的。"表弟想端起来看看究竟,但陈四眼马上制止他。

表弟看见瓦钵里是一团姜色的东西,根本看不到什么虫子。

四眼催促说:"快吃,不要说这么多,这是天下最美味的东西。"说时两眼放着光一般。

表弟先喝了一口酒,然后拿起一个银勺,在钵里舀了他自认为既没多到能毒死自己,也没少到会令表哥不悦的一勺。他并未急着入口,而是将勺子举到鼻前,先皱着眉头端详,又噘起嘴凑近嗅了嗅,仿佛这真是在"品毒"似的。最后,不知是在表哥沉默的压力下,还是被勺里的气味给麻痹了思考,他深吸一口气,麻溜儿地将勺子探入口中。

"太好吃了,太肥太鲜了。"他忍不住又挖了一勺。

"好吧,做这个虫子可费工夫了。本来禾虫是值不了几个钱的,这个时候田里的禾虫都是可以拿簸箕去网的。只是太费工夫,你知道怎么做吗?还要放蜜糖,还要放猪肉。真可谓是妹仔大过主人婆了。一般人根本吃不起,所以都是拿这个禾虫做肥料。"陈四眼笑眯眯地看着他说。

他说着就叫人把火猫叫来。

不一会儿,火猫进来了。四眼叫他坐下来陪表弟喝两杯。

火猫刚坐下来,陈四眼对他说:"你跟我表弟说说这个禾虫是怎么做的?"

火猫先喝了一大口酒,又吃了一块白鳝,陈四眼催他:"快点说,快点说,别光顾着喝。"

火猫吃好了,像教书先生上课一样侃侃而谈起来。

"两位老爷,"火猫先说起了备料,"禾虫两斤、鸡蛋四五个、杭椒一两、蒜蓉一两、油条二根、生油二两、肥猪肉或油渣二两、胡椒粉、陈皮切成小粒少许、瘦猪肉一两、浙醋两小碗。"

火猫歇一口气,又讨了口酒。他很喜欢洋酒。

"各项物事备好后,先用清水将禾虫浸透,再将禾虫捞起。按照此做法,重复三次,以去除禾虫的泥味。然后用干布吸干水分,放到瓦钵上。再将生油倒入,加入蒜蓉,使禾虫爆浆,然后用胶剪剪之。后放入鸡蛋、肥肉粒、油条片、食盐少许、胡椒粉、陈皮粒、杭椒粒等配料,搅匀,隔水炖约两小时。后取起,再将禾虫放到炉上烘约三十分钟。"火猫说起具体的做法。

"吃的时候可以加浙醋。"火猫似乎意犹未尽。

陈四眼的表弟在一旁听得目瞪口呆。

"我怎么听着像凌迟?"他舀了一勺禾虫放在眼前

看,但已没了之前那种犹豫。

火猫又上一个菜,是鲜鲍鱼炆鸡。

"不错,鲍鱼够入味。不过鸡有点韧了,汤汁稍咸。"表弟尝了一口评价道。

最后的甜点是姜撞奶,同样得到了表弟的赞叹。

这一夜,两个老表吃得很尽兴。到了半夜起风了,两人才各自回房间休息。

第二天早上,在麻雀的喧闹中陈四眼陪着表弟喝完了田鸡粥,再送他到小码头,看着他坐上了龙头船,才慢慢哼着小曲儿往回走。进了家,就看见母亲皱着眉头坐在门厅。陈四眼是个孝子,看见母亲一脸愁容,大吃一惊,连忙上前问安。

母亲的脸有些发白,像是搽了藕粉。她慢声慢气地说自己今早一起来就觉着左眼皮跳,一直到现在,已经有两个时辰了。跳得她心里直慌。陈四眼急忙叫四妈来,但母亲摆摆手,说她已经吃了好几颗糖莲子,也没压下去。她跟着就说要四眼再陪她去龙王庙烧香。

陈家在斗门的这块地方的风俗是不拜观音,不拜菩萨,就是拜龙王。小小的一座龙王庙,一年到头香火都旺得很。再者,这冯家姐妹虽然都是生在澳门长在澳门,但脾气爱好却大不一样。做姐姐的新派得很,一口英文,白衬衣黑裙,一双护着脚踝的半高跟圆头黑皮鞋擦得锃亮。远远一看,还以为是澳门女中的学生。但做妹妹的,一年四季都穿着咖啡色的香云纱衣裤,无论姐姐每次来带给她多少新潮的衣服和化妆品,妹妹从来不穿,从来不用。做姐姐的,信奉的是基督教,每个礼拜天必去教堂。但妹妹就是拜佛拜观音,嫁到斗门后,既没有观音拜,就老老实实地跟着当地人拜龙王。

陈四眼对母亲说,昨天不是刚去拜的吗?昨天是初一,拜佛的人都在这个时候拜。但母亲还坚持要去,而且还要带着孙子陈文豪去。

两件看起来毫不相干的事情,却都促使赵慕莲最后远走他乡。

第一件发生在荷塘。霜降一过,他所在的广东斗门,一片忙碌的景象。因为临海,田地里多的是莲藕。斗门这个地方以产莲藕出名,其莲藕又大又粉。每当这个季节,省城广州的很多大户人家和酒楼老细都派伙计来这里收莲藕。"赵慕莲"这个名字是算名先生给他起的,因为他出生时，正是莲藕收获的季节。在他出生的那晚，他父亲熬了一锅浓浓的排骨莲藕汤给妻子喝，汤里还放了章鱼、蜜枣，这是家里为数不多的"珍藏"。赵慕莲后来听母亲说："自那以后，我再也没有喝过这么好喝的汤。"

这天下午，太阳很辣，是人们通常说的秋老虎。赵慕莲正站在地主陈四眼家的门帘下纳凉。陈四眼的儿子陈文豪要去上学，太阳虽然毒辣，但毕竟是秋天，因此人还是干爽的。

赵慕莲长大后成了轿夫，人也干干瘦瘦的。脚穿一双最粗糙的木屐，两块木头上钉着两块黑胶皮，脚和木屐都布满了灰尘。但令人称奇的是，他穿着木屐可以跑得飞快。他的女儿赵连如和陈四眼的儿子陈文豪是同学。学校是从澳门过来的传教士开的，校门对所有的孩子开放。

他每天这个时候都要在地主家门前等候。

陈四眼的家门对着一片池塘，里面种满了莲藕。这时候的池塘已经没有什么好看了，远不如夏天。每当夏天时，满池塘都开粉红色的荷花。一朵接着一朵，一池塘又连着一池塘，像一条绣着粉荷图案的巨大绿毯，漂亮而充满家常气。初秋的池塘，荷叶开始转了颜色，赵慕莲看到几朵荷叶，一半还是绿的，但另一半已经转为黄色。他看了好一会儿荷叶,时间就一点点过去了。他在想,那个陈文豪怎么还没有出来。这时,大门开了,陈家的用人四姐探头出来说少爷和老爷都到龙王庙去烧香了,让他去龙王庙接他们。因为斗门靠近珠江口,他们都叫那一片为"海"。差不多每年都有台风登陆,对庄稼和人畜造成危害,所以这里的人们在很久以前就建起了龙王庙。赵慕莲扳了扳指头,觉得有点儿不对劲,今天好像不是上香的日子。他转过头想问四姐,但四姐已经关上门了。

赵慕莲有点茫然。这时他的面前无端地卷起一股微型龙卷风,把两块荷叶卷起来团团转得像两只变了颜色的蝴蝶。他的心里涌起了一股不祥的预感,手上那辆新式的车仔抬起了又放下。

于是,轿夫赵慕莲没有接到陈文豪。他听从女佣四姐的话,抬起车仔,慢慢向龙王庙走去。他走过了陈四眼家前的荷塘,来到了一片更大的荷塘边上。这时他看到了自己的女儿和女婿正在小船上采藕。秋天的太阳照在一对小夫妻的头上,他看到女儿的那条长辫子在阳光下闪闪发光。轿夫赵慕莲有儿女五个,头三个都是女儿,后两个是儿子。大女十八岁就许配给了同村的赵姓农民。女婿家境还过得去，有十几亩地，种藕为生，主要是对女儿很好，赵慕莲很满意。

他想着陈四眼一家去上香应该没有那么快回来。此刻他深深地为眼前这一幅带有亲情的秋天农作图而吸引。他放下车仔，坐在堤坝上，看着自己的女儿。

第二件发生在龙王庙。龙王庙这边，陈四眼陪着母亲已经上好了香，加了香油钱。因为是初二，今天的龙王庙没有什么人，只有一对年轻夫妇跪在那里拜了许久。陈四眼看看他们上的香，知道他们是求子的。那一边，母亲还拉着庙祝在讲今天早上眼皮跳的事情。庙祝不厌其烦地开导劝慰她。

"今日一早我就眼皮跳。"

"左眼定右眼？"

"肯定系左眼啦。左眼祸右眼福嘛。"

"噉系几点钟啊？"

"凌晨四点几。"

"哦，你起咗身未？"

"起咗啦，我仲去上香添。"

"上佐乜也香啊？"

"我细妹在澳门帮我请番来的藏香。话是在印度制作的。"

"嗰个钟点应该是满天神佛的，唔怕。"

四眼母亲还是不大放心。

于是庙祝又说："噉你先去抽支签先啦，我睇下点？"

陈四眼走出庙门，四处张望，并没有看到那辆新式的车仔，有点后悔刚刚让轿夫走了。但他已经吩咐四姐叫轿夫来这里接他们回去的，心想难道是四姐忘记了？

龙王庙离他的宅子其实也不是特别远。他站在庙的门口，甚至可以看到陈家大宅那尖尖的西洋拱顶。但还是那句老话，"望山跑死马"。再加上还有母亲，他们无论如何都是要等那辆该死的车仔来了才能走。

母亲和庙祝讲话的声音细细地一阵阵传出来，频率很慢。他回头找儿子，看到儿子坐在蒲团上手里拿着一节藕，像一支枪开火一样前后摆动着，一边摆动着一边唱儿歌：

丞丞转，菊花圆。炒米饼，糯米团。阿妈叫我睇龙船。我唔睇，睇鸡仔，鸡仔大，捉去卖，卖得几多钱？卖得三百六十钱。

儿子唱得很欢快。他脑子里突然转过一个念头，儿子怎么会像一段藕一样？正在这个念头升起来的时候，陈四眼身子一软，人就倒在了庙的门口。

倒下的时候，他清楚地听到有人用沙哑的声音在唱：

四眼哨牙突下巴，屎忽嘂嘂下。
哨牙可以刨西瓜，落雨可以遮下巴。
饮茶可以隔茶渣，劈友可以挡番下。

随着声音的忽远忽近，他的内心很绝望。

赵连如到了她八十岁的时候，还在回忆光绪二十三年（1907）十月初二的那个下午。那时她刚好十四岁，是轿夫赵慕莲的第三个女儿，她前面有两个姐姐，后面有两个弟弟。

天气已经渐渐凉快了。她正从家里走到学校准备上课。基督教会在她们村建起了一所免费的学校，但声明只要进了学校，就一定要完成学业，不能中途退学。她父亲虽然是个轿夫，但是从来没有反对女儿上学，这点应该得益于她的大姐。连如的大姐刚刚出嫁，是她劝导父亲让连如上学的。

下午的时候,连如都会早一点到学校,然后站在门口等父亲抬的轿子。因为差不多时候,陈家的小少爷就会坐着父亲抬的轿子来上学。小少爷和连如是一班,又比她小,因此父亲常常要她关照他。

连如懒懒地倚在学校的门口,秋天的太阳照着她的眼睛。她漫不经心地和身边走过的同学老师打着招呼,他们都知道她在等她的父亲。村里的几个孩子走过来,站在她面前,一齐唱着一首童谣:"姣婆二少奶,戴金钗,金钗唔够靓,打烂镜。"很奇怪,连如只看见他们的嘴在动,却听不到他们的声音。她挥挥手,孩子们就蹦蹦跳跳地走了。一切如常,连那只小花狗也准时地在她前面走过。每天的这个时候,这只花狗都要在学校门口晃荡。突然,她看见远远地扬起一片尘土。她开始还以为是刮风了,等尘土越来越近,她才看清楚那是一群跑动的人扬起的。那群人一边跑一边叫,连如却听不见他们在叫些什么。等他们走近了,连如才听到他们在喊:"大少爷被绑了!大少爷被绑了!"

连如这时清醒过来,赶紧拿眼睛去找寻父亲。但在人群中,一点儿轿子的影子都没有,更没有父亲的影子。

陈家和轿夫的官司一直打到冬天。陈家说赵慕莲是和绑匪串通在一起的。赵慕莲坚持自己是清白的。他那天拉着空空的车仔走到龙王庙,就看见大少爷被几个穿黑衣服的男人从庙里拖了出来,然后被他们扛在肩上跑。他连忙放下车仔,因为心急,还给车仔的杆子绊倒了。但等他冲到庙门口,那帮人已经逃进庙旁边的树林。他也没多想,跟着赶快追进树林。秋天的树林,一缕缕阳光照在林间小道上,小径上布满了金黄的落叶。尽管他拼尽了力气追着,但还是没有了大少爷和绑匪的踪影。赵慕莲垂头丧气地走出树林,看见老太太和小少爷站在树林外面正等着他,跟着老太太就一把揪住他的衣服呼天抢地。

他跟法官说,他和大少爷无冤无仇,大少爷待他非常好,两人相处非常和气,而且他逢人就说大少爷的好话,他怎么会害大少爷呢?当问到小少爷陈文豪的时候,平日呆头呆脑的他,这时突然伶牙俐齿起来,他说他出到庙门的时候,亲眼看到轿夫用手掐着他父亲的脖子。

当然,对于赵慕莲的一切指控最后都不攻自破。因为没过多久,陈家就收到了绑匪的消息,让他们拿钱赎人。

按照大少爷说的,这个年代就是个乱世。在他们隔壁乡,有好几家银号和卖茶叶的店铺都给土匪抢了。隔壁乡的广昌竹木铺，据说被二十多个人坐着龙头船渡河过来抢，听口音是香山[1]人。据说广昌店此劫被抢去银二百九十两，钱十五贯。另外一个广隆店则被抢去银八十两，一些未开的衣物中幸好只被拿去一马褂。大家议论纷纷：只拿走一件马褂，不知道是不是那个店报的假案？

地主陈四眼被绑匪放出来之后，做的第一件事情就是建碉楼。

碉楼是广东台山、开平一带的著名建筑。台山籍华侨遍布世界，在很长一段时间里，外国人都以为台山话就是中国话。你只要会讲台山话，就可以在全世界的任何一条唐人街上找到工作。因为陈四眼的爷爷是华侨，所以他也跟着爷爷去过台山看望朋友，从而见识了碉楼这种东西。

他站在建好的碉楼面前十分感慨。碉楼这种东西，在他眼前是一个华丽的怪物。外表像座小教堂，甚至还有教堂的小圆帽，竖立在广阔的田野上显得不伦不类，但是在太阳西下的时候有另外一种美。他顺着旋转的狭小楼梯走到碉楼的最上面，一边爬楼梯一边看到碉楼的每一面墙都布满了枪眼。到了最高处，他看见辽阔的田野上已经竖起了好几座碉楼，因为匪患，有钱人家都盖起来防匪。这时

1　今中山市。

他看见轿夫赵慕莲带着一脸的茫然站在碉楼下面。

"总是有陷阱,"他被赎出来之后,母亲就对他说,"这个轿夫不能留了。"

"这件事情不是已经清楚了吗?他没有错啊。"陈四眼很诧异,为慕莲解释。

"那天我们是突然去上香的,没有别人知道,就他知道,肯定是他通了信息给绑匪。"母亲把手上折好的一朵莲花放下来,阴着脸说。

"不会吧,他在我们家多少年了,他女儿还和文豪同一个学校。听文豪经常夸她聪明。"

"哎呀,你不说,我都差点忘记这件事情了。那更不能留。"母亲更惊恐了。

就这样,陈四眼一直没能说服母亲。他偷偷给了慕莲一笔钱,让他自谋生路。

就这样,赵慕莲带着全家到了澳门投靠亲戚。他不抬轿子了,改为拉车仔。他把二女儿季如送给了殷实的冯家做二房,得到的补偿是一笔优厚的聘金,足可以养活赵慕莲一家,主要是两个儿子生活和读书的费用,而且妹妹连如还可以陪伴姐姐在冯家生活。媒婆对着泪眼涟涟的妈妈说:"不要担心,那户人家经济富裕,家教也好。那对夫妻感情好得很,只是没有孩子,才续的二房,等你家季如替他们生了孩子,那吃香喝辣,穿金戴银都没有问题。而且你家里还有两个男孩子要生活要读书呢,不要哭了,这是好事,季如是有福气才能进到冯家的。"

不管媒婆说得如何天花乱坠,赵慕莲夫妇都只是唉声叹气的。毕竟把女儿送给人家做二房,也不知是不是把女儿的一生毁了,更何况季如还是三姐妹中最漂亮的一个。

连如和她的二姐季如是冬天的时候进入冯家的。

天还没有亮,赵慕莲把睡梦中的两个女儿叫了起来。这时他们寄住在澳门位于黑沙环的一个亲戚的家里。这个亲戚当然也是穷亲戚,住的是棚户。因为是冬天,凛冽的海风从棚子的空隙中吹进来,把两姐妹冷得一晚都没有睡好,快到天亮的时候才迷迷糊糊地睡着了。刚刚睡着,却又被父亲叫醒。幸亏这两姐妹非常懂事,洗了脸,穿好衣服,连如就赶快帮姐姐梳妆打扮。冯家已经说了,因为是二房,也不摆什么酒了。找先生算过了,今天九时是吉时,九时赵家把女儿送过去就是了。

进冯家的那天，母亲因为伤心没有去。赵慕莲就用车仔拉着两个女儿去冯家。冬天的早晨，街上分外冷清。两姐妹只听到父亲用力踏在青石板上的"嗒嗒"声。听着父亲的脚步声，两姐妹各怀心事。

连如觉得此时像古诗里写的"马蹄声碎"。来了澳门这些天，都住在亲戚的棚子里，她和姐姐都没有出去好好看过街面。现在虽然是早晨，但两边的街景使连如觉得漂亮得不得了。那些石屋，还有门楼，还有骑楼，都使连如目不暇接。她现在心里没有一点点的悲哀，连早上替姐姐梳妆时的那点悲戚也没有了。她隐约感觉到一个新的世界即将在她面前登场。

二姐季如则心乱如麻。对使妹妹目不暇接的城市街景，她一点感觉也没有，老是想着即将要面对的少爷和少奶是怎么样的，她在乡下听了太多的关于大太太虐待二房的事情。隔篱乌木村就有一个叫阿秀的姑娘，做了地主的二房才一个月就吞金了。因此虽然媒婆一再向她保证这个婆家有多么好，少爷多么慈祥，少奶多么宽容，但她还是心乱如麻。她随身带着的小包里放着自己绣的香囊，准备送给未来的夫君。香囊上绣了两只鸳鸯。她原来准备绣两只蝴蝶，但想到了梁山伯和祝英台的故事，便立马觉得不吉利。她多次问父母那是一户什么样的人家，但双亲比她还心乱，根本说不出个所以然来。季如越想越委屈，再怎么说，也应该先去看一看对方的人呀。

其实赵慕莲是知道要把女儿送到什么地方去的。

这条路，他已经走过很多次了。他现在去的地方，就是陈家老太太的姐姐家。冯家没有儿子，只有两个宝贝女儿。小女儿嫁到了陈家，大女儿新派，说要守住冯家的财产，不愿嫁出去，找了个倒插门女婿，生了个儿子也姓冯。只是因为儿子结婚五年了却没有生育，冯家大小姐这时就有旧脑筋了，说不孝有三，无后为大，硬逼着儿子娶二房。偏偏儿子和太太感情好得很，又是上过洋学堂的人，根本不愿意再娶。当着母亲的面，撞墙都试过，却又死不了。但母亲太过强势，放出话来，说如果他不找个二房，她就做主把他现在的太太休了，另找一个。没有办法，儿子只好忍痛答应了母亲。冯太太见儿子答应了，高兴得不知找了多少媒婆，让儿子见了多少回。但每次儿子不是嫌肥就是嫌瘦，不是嫌没有文化就是嫌脾气不好。

这次回斗门处理外甥陈四眼被绑的事，冯老太太一眼就看中了赵慕莲的二女儿。不知为什么，她就这么喜欢这个女孩子,觉得其一举一动都合自己的心意。她问起女孩的名字,说是叫"季如",就更喜欢了。本来冯老太太是准备把赵慕莲坚决打进死牢的,可是一见季如,她就改变了主意。另外,她决定这次不让儿子看了,反正儿子看谁都是不顺眼的。果然,她回去把这个意思告诉儿子,儿子一点意见也没有,只是说:"母亲说好就好吧。"

赵慕莲把车仔停在了冯家的大门前面,黑漆漆的大门很气派。赵慕莲叫两个女儿下来,这时街道已经开始有人走动了。连如小声地对姐姐讲:"这里的人好舒服啊,看看他们,都好像刚起来的样子。"但季如却什么也没有听见,她还沉浸在刚刚的委屈里。

赵慕莲一家三口就这样站在冯家大宅外,他们都在不自主地等待一个戏剧性的场面。

这时大门吱一声打开,穿着时髦的冯太太带着她的儿子和媳妇走出来。冯太太穿金戴银,蹬着一双半高跟的皮鞋。少爷的脸苍白无色,一看就知道身体弱,穿着一身藕色的褂子,和他母亲站在一块,显得有些突兀。连如看看少爷身边的少奶奶,虽穿着一件冬天的碎花棉袄,一件首饰都未戴,但仍无法掩盖她是一个标致的美人。瓜子脸蛋，皮肤娇嫩得像水一样，两只大眼睛扑闪扑闪的。连如见惯了乡下人冬天穿的棉袄，又肥又大，却没见过少奶奶穿棉袄穿得如此水灵。赵慕莲叫了一声："冯太太。"三个人却好像没有听见一样，也好像没看见他们站在门口一样，一阵风似的就往前走。连如三人呆呆地站在原地，不知怎么好。这时冯太太转过头来，说了一句："来了？你们先进去坐。今天是礼拜日，我们要去教堂。"说完，冯家三人就慢慢往外走去。

连如看看父亲，父亲一副很难堪的样子。她再看看姐姐，姐姐垂着头，咬着嘴唇，眼泪都快流出来了。连如看着远去的冯家三人，怒从心起，突然小跑追了上去，一把拉住冯太太的衣袖。

冯太太吓了一大跳，连忙站住，想甩开连如的手，一边说："怎么这么没有规矩！"

连如大声地说："是你没有规矩还是我们没有规矩？你家少爷是不是不想娶我姐姐？在这里讲清楚了。如果不想的话，我们现在就回斗门。"

冯家少爷和少奶奶都瞪大眼睛看着她。

冯家少爷说："哎哟，还来了一个骨头硬的。"

少奶奶轻声轻气地说："不想来就算了，我们把聘金收回来。"

这时,父亲赶上来了,连忙向冯太太道歉,说是没有把女儿教好。冯太太到底是没有生气,她和气地跟赵慕莲说是自己不好,因为今天起晚了,去教堂的时间赶不及了,所以怠慢了赵家的人。她正说着,前面圣保罗大教堂的钟声响了起来,三人又匆匆忙忙走了。

石板街的对面,有一对盲人父女在卖唱,父亲拉着二胡,瞎了的眼睛深深地凹进去,女儿看起来和连如差不多年纪,看起来也是瞎的,闭着双眼。两人有一搭没一搭地唱着一首粤曲,还是男女对唱的,父亲的神情很落寞。

旦唱:"旧弦虽断,犹可续新。"

生唱:"太上忘情非我愿,但求人月永相随。"

旦唱:"心碎难缝无针线,自惭形秽误英贤。"

生唱:"我愿朝朝暮暮伴蛇眠。"

生旦合唱:"好待冰肌永在郎怀暖。"

两行浊泪流在父亲的脸上。但女儿毫不知情,继续清脆地唱着。

旦唱:"咫尺恨隔万里天地远,覆水未许再收,偷偷顾影泪暗涓,为怕郎情冷暖,心中暗历乱,慧剑横挥,忍割雨中缘。"

女儿的声音太好听了,有珠落银盘之势。

连如忍不住走过去站在这对父女面前。突然,女儿睁开眼睛看着她,调皮地眨了一下眼睛。

赵连如就这样和佩儿见了第一面。

三　草堆街四号

冯凤韶在草堆街是赫赫有名的,人们都叫他"冯老爷"。

草堆街在澳门也是赫赫有名的。草堆街在澳门中部,西起十月初五日街,东至大三巴街口接卖草地街,历来为澳门半岛繁盛的商业街道,与十月初五日街、营地大街、新马路构成澳门最大的商业区。

光绪三十三年(1907)。

连续几天早上,人们都看见穿着寿衣的冯老爷在草堆街来来回回地走着,低着头,专注地用脚量着尺寸。所有的人都吓坏了,从关闭了的门板隙缝里露出一只只惊恐的眼睛,看到他一边用脚丈量地上的从葡萄牙运过来的彩色石头,一边嘴里喃喃自语:"三百二十二、三百二十三、三百二十四……"冯老爷对脚下的黑布鞋特别不满意，像他这样有身份的人，平时穿的皮鞋都是在里斯本定制的。当家人哭哭啼啼地把他放进棺木的时候，他却愤怒得想抬起脚去踢那个跟在棺木后面披麻戴孝，一脸茫然的儿子。

"一嚿饭[1]！居然让我穿着农民的鞋子入土。他们不知道我是在澳门第一个有资格葬进西洋坟场的绅士吗？"

这场丧礼声势浩大，澳门总督亲自为他担幡买水，几个洋人给他扶棺。草堆街两旁站满了观礼的市民，他满意地在棺材里面哼哼。

葬礼的队伍先是从草堆街旁边的白马行街开始，冯老爷的家就在那儿。一支穿着黑色套装的小型乐队奏着安魂的西洋乐曲，迈着慢吞吞的脚步。在心不在焉的吹奏声中，他依稀听见小时候常唱的一首儿谣：

氹氹转，菊花圆。炒米饼，糯米团。阿妈叫我睇龙船。我唔睇，睇鸡仔，鸡仔大，捉去卖，卖得几多钱？卖得三百六十钱。

他的灵魂早早就在草堆街上空游荡，恋恋不舍地注

---

[1] 粤语，意为窝囊废。

视着白马行街一号——他的大宅。这座大宅是他发了财之后,从名绅王禄手中买下的。连丁围数幢旧宅,拆建成一座类似广州西关大屋的唐楼院落,时人称"冯家大宅"。设计师是葡萄牙人,为了让他对唐楼有感觉,冯老爷当初请他在广州的西关一带住了三个月。那个葡萄牙人很爱吃鱼翅,他在广州找了一家鱼翅做得好的饭店,并且用各种借口拖延回澳门。

白马行街古称医院街,西接板樟堂街,东至水坑尾街,是澳门的第一条水泥马路。由于其东端有一所圣辣非医院,故起初称为医院街,那时路面还是传统的石子路。待改建为水泥路后,以冯老爷为首的华人认为"医院街"这个名称不吉利,而恰好街上的渣甸洋行专营一种"白马行"牌的威士忌,洋行的门口还有着一面画着白马的旗子,于是居民们把街名改成了"白马行街"。一八六九年七月,澳门政府正式公布此街为白马行街。到了一九四二年,议事公局为纪念曾任议事公局局长的伯多禄(Pedro Nolasco da Silva)诞生一百周年,又将白马行街改名为"伯多禄局长街"。彼时,渣甸洋行已经搬离,街上也没有了那面白马旗。据说旗子被撤掉那天,居民的心好像一下子空荡荡的,他们已经习惯了白马在澳门的蓝天下飞翔。于是第二天，又有人把旗子挂了上去，但旗子上画的是一条巨大的青色龙趸。

冯老爷出生在南海县沙头堡[1]。

沙头遍布着河涌与桑基鱼塘。冯老爷小的时候，就亲眼看到鱼生迷各种颠倒众生的奇举。每年八九月间，秋风既起，菊花上市，这些人从四面八方慕名涌来。当剔透的生鱼片摆上桌的时候，一声号令，炒花生、柠檬叶丝、酸荞头薄片、蒜片、姜丝，还有炸香白芝麻、油炸鬼薄脆、花生油等各色令人眼花缭乱的佐品纷纷上桌，老饕们眼露精光，嘴角流着口水。他甚至见过如此场面：一群食客跪倒在生鱼片下，用普洱茶来净手，然后再往身上洒柠檬水，口中念念有词，最后把生鱼片拨进自己面前的碟子中。路途近的，就大饱口福，喝了当地米酒，唱着咸水歌坐着龙头船，趁着明晃晃的月色回家；路途远的，就等肚子把晚餐的鱼生消化了，再进行另外一场鱼的盛宴。鱼生片要做得好，讲究的是鱼肉细腻以及血放得干净。晚清广东词人汪兆铨云："冬至鱼生处处同，鲜鱼脔切玉玲珑。一杯热酒聊消冷，犹是前朝食脍风。"

1　今佛山市南海区沙头镇。

南海位于珠江三角洲的中心，是一个富裕的地方，当时中国有两样令西方列强垂涎的宝贝，一是茶叶，二是蚕丝。南海一带当年就是靠出口蚕丝富起来的。冯凤韶很小的时候就跟着叔伯兄弟担着一卷卷的蚕丝去澳门跑码头。他年纪小，皮肤黑，眼睛小，常常让人找不到他的眼睛，所以经常给人嘲笑为"一嚿云[1]"或者是"一嚿饭"。

"一嚿云"还带有善意的嘲笑，"一嚿饭"就有侮辱的词义了。每当有人这样说他的时候，他就大声地说"你老豆[2]先系一嚿饭"。他年纪小小却怒目圆瞪，惹得周围的人哈哈大笑起来："看到眼睛了，看到眼睛了。"发达以后，他却常常不自觉地说别人"一嚿云""一嚿饭"。

冯老爷的魂魄停留在草堆街四号上空，久久不愿意离开。这是他第一次开番摊档的地方，也是他挣得第一桶金的地方。番摊，用现在的话来说，就是赌场。当然那时的番摊档很简陋，只一间草棚一样的东西。用"东西"形容是最准确的，就是一张桌子，桌上几只肮脏的骰子。赌博的人经常围在桌子旁激动喊叫，一会儿拍手称快，一会儿

---

1 粤语，意为糊涂蛋。
2 粤语，意为父亲。

呼天抢地，一看就是脚夫，刚从草堆街码头搬完东西就来到这里搏杀。

那天，冯老爷刚跟父亲在码头把蚕丝放下，他父亲看看天色，说今晚要在澳门住了，赶不回去了。这时他们走过一间番摊档，他父亲一脸不屑地对他说："千万不要学他们。一群想不劳而获的人，而且基本失败。"他听了没有反驳。一双小眼睛在黑皮肤里闪了出来，亮晶晶的，像从天上落下的两颗星星。很快他就开了第一间番摊档，想尽快地挣钱。他看见在草堆街码头下船的葡国先生和太太亲热地挽着手，身上散发着沁人心脾的香水味。他也想自己的身上香喷喷的。

他长得很快，像有一只来自天空的手将他拔起来似的，肩膀也宽了许多。他的一个拍档陈六有葡国血统，他穿上陈六的西装，靓得不得了，陈六就把西装给了他。

"一嚿云"，其实冯凤韶喜欢得不得了，但嘴上还要表示些不满。

几个合伙人趁着年轻勇猛直前，光是冯凤韶自己，在草堆街就有四间番摊档。他后来因往返澳门做丝茶生意而接触天主教，因此定居澳门后加入了葡籍入了教，教名为方济各·沙忽略。

很快就有人叫他"大佬"了。在草堆街,被人叫"大佬"就意味着冯凤韶可以穿着木屐迈着八字横行。

冯老爷的突然离世好像和一条龙趸有着千丝万缕的关系。澳门这个地方没有河鲜,做刺身基本都是用龙虾或者象拔蚌之类的海产。

这天冯老爷醒来,突然十分想念家乡的鱼生,想起晶莹的生鱼片配着柠檬丝、酸荞头、花生油、油炸鬼的美味,便觉得今天如果不吃一碟南海沙头的鱼生就了无生趣。在这个念头的驱使下,他着起木屐,兴致勃勃地走到十月初五日街头的六国饭店。在六国饭店他看到一条刚刚打捞上来的巨型石斑鱼。石斑鱼躺在那里,心有不甘地闭着眼睛,身体比冯老爷的还长,身上是青色的,闪闪发光,刚刚还生龙活虎地游弋在大海五彩缤纷的珊瑚间。冯老爷马上把这条巨大的石斑鱼买了下来,不让他们按照常规的做法用冬菜蒸,而是吩咐他们做生鱼片。他满怀期待地在包间里等着,甚至没叫任何人来一起享用。

过了很久,饭店的人都认为冯老爷应该把这条鱼吃完了,也没有看见他出来。几个人小心翼翼地敲门,借着门缝往里窥视,看到冯老爷坐在圆桌旁,桌上的生鱼片已被一扫而光。他脸上带着满意的笑容——身体已经僵硬了。

子时刚过,越来越多的人趁着黑夜走向草堆街四号。清一色的精壮男人,长褂子,长辫子。冯老爷的灵柩要在那里停十天。所有人都听说在草堆街四号的地底下埋着冯老爷巨大的宝藏。

季如踏进白马行街一号冯家大宅的时候,就已经知道自己的命运了。她不仅是一部被期待的生育机器,而且还要担负为老爷冲喜的重担。她进门没几天,已经病入膏肓的冯老爷就驾鹤西去了。头七那天,她还在花园里见过冯老爷。她并没有害怕,还上前问好。冯老爷对她竖起大拇指,再指一指他脚下的鞋子。不久,她就怀孕了。冯少爷对太太是百依百顺,对季如也是彬彬有礼,脾气出奇好。季如也争气,随着肚子越来越大,冯家上上下下喜气洋洋,对季如、连如两姐妹也愈加客气起来。

冯家的房子是一幢中西合璧的建筑,大门是中式的,黑漆金扣,非常厚重。三进的房子,一进是老爷的书房、客厅和卧室,二进是两位少爷和一个小姐的住房,三进有两层楼,楼下是用人的住房,二楼是客房。一开始,季如和连如两姐妹都住在三进的二楼客房里。季如的肚子大起来后，就搬到二进的院子了，连如还是在三进的客房里住着。除了陪伴姐姐，连如经常和用人们打闹在一起。不久，姐姐就生下一个白白胖胖的儿子——足有九斤重，把冯家奶奶高兴坏了，赠了好几样贵重的首饰给季如，也给连如置了好几样新衣裳。连如趁着冯太太高兴，就提出了重新上学堂的要求。冯太太本来抱着孙子，嘴角都快咧到耳根了，听到连如这一句，冯太太转过头来盯着连如问："你说什么？"

连如吓得都快哭出来了，但还是笃定地说："我要上学。"她说这句话的时候，天空上正好飞过一群灰溜溜的麻雀，突然就齐齐整整地停在了二楼的屋檐上。冯太太抬头看看那群麻雀，自言自语地说："麻雀要变凤凰咯。"

连如突然鼓起勇气，也不管姐姐在旁边哀求的眼神，大声地背诵起李清照的《夏日绝句》："生当作人杰，死亦为鬼雄。至今思项羽，不肯过江东。"

偌大的冯宅一下子安静下来。这种寂静像乌云一般地笼罩着四周，挽着少奶奶手臂正准备上茶楼喝茶的冯家少爷也停住了脚步，回过头来茫然地看着连如。

赵连如这时十三四岁的光景，样子其实是蛮漂亮的，但总是透着一股男孩子气。愣头愣脑，不像姐姐季如那样秀气。

从后院走进来一个相貌有些丑陋的中年人，是冯家长期的食客。平日基本就在房间里不大出来，经常是用人把饭拿进去，他再把吃完的碗筷放到门口，由用人收拾。连如问过送饭的用人这人是谁，他们都摇头，只是说是老爷的客人。有一天，连如壮着胆子，轻手轻脚地扒在那人的房门上往缝里看，看到那人正埋头写书。哦，连如心想，原来是个写书的先生。老爷竟然白白养着一个写书的人，她心里不由得敬佩起冯老爷来。

那天晚上，少女赵连如睡在散发着松木香的木板床上，听到了黑夜中来自各处的声音。各种喃喃细语从不同的方向传进来，她居然听到了来自大三巴方向，舢板停靠在沙滩上的声音，舢板上有个皮肤黝黑的少年，少年也在喃喃细语。她很想听他在说什么，但终在细语和黑暗中沉沉入睡。入睡之前，她记起了那个埋头写作的书生的脸。

当赵连如大声吟诵李清照的诗时，那个食客从后院走了进来，对着所有人说："她应该去读书。"话音刚落，门口又走进两个少年，一男一女，年纪相仿。后来连如才知道，这是一对姐弟，姐姐叫碧玉，弟弟叫雪秋，分别是冯少爷的堂妹和堂弟，家住香山，经常来往。姐弟俩都是黑葡萄般的眼珠子,特别是弟弟,长得像"番鬼仔"。

姐姐拍着手说:"好啊,好啊,我最中意女仔读书了。这样我上学也有个伴。"她一溜烟跑到连如的身边,拍着她的肩膀亲热地说:"就上我去的那家培基小学。这是澳门最好的小学。"

冯太太皱起眉头呵斥她:"你收声。细路仔[1]唔识野!"

碧玉垂下眼睛,不再说话。

冯太太把手上的孙子交给用人。"无规矩!"她扔下这一句话扬长而去。

赵连如看着这个开朗的少女,感到一缕阳光照进了她的心里。

连如读书的事情,少爷和少奶奶都帮她说话。少爷说:"读书是所有人的权利。"冯太太就听儿子的,就这样,连如如愿进了澳门的培基学校。这所学校有学生一百多人,是港澳两地唯一获清政府核准立案的学校。连如冰雪聪明,成绩常为年级之冠,多次享受全免学费之优。

随着连如不断往返于冯家与学校,季如的儿子也即将一百天了。按照澳门香山一带的风俗,小孩满百日是一定

---

1 粤语,意为小孩。

要大摆宴席,食烧猪的。

冯太太原来准备是在十月初五日街头的六国饭店摆酒,六国饭店是当时澳门最好的饭店。但她又想在家里摆,因为她想看戏。为这件事情她纠结不已,于是把少奶奶和季如都叫到自己的房间商量事情。

冯太太起了个头:"六国饭店的烧猪做得最好。"少奶奶对于婆婆的话不置可否,说:"甜点一定要上葡挞,还有主食就食猪仔包。"季如低声附和:"甜点可以加一道黑糯米杧果布甸。"

此时冯太太手中正折着糖纸,她有个喜好,就是把各种各样的糖纸折成元宝,给妹妹送到斗门的庙里,现在则还可以叫连如送到澳门的小庙。

听完少奶奶和季如的回答后,冯太太放下手中五颜六色的元宝,瞪大眼睛望着两人说:"你们真的不知道我想什么吗?"少奶奶笑起来答道:"当然知道,你就是想看戏。"三个人都笑了起来。冯太太拿起桌上摆的糖莲子叫她们:"吃一点,吃一点。"季如拿了一颗放进嘴巴里。

冯太太又打开了话匣:"你们的死鬼老爷最中意睇大戏了。听到我们要请戏班,估计要从棺材里爬出来看了……"她半笑半哭说道。季如想起老爷"头七"时自己曾在花园里见到他,便忍不住提起来:"头七嗰日我在花园里见到老爷。"两人齐声问:"真的吗?他说什么?"

季如摇摇头,又朝地下望去说道:"没有,他只是指了指脚,不知是什么意思。"

冯太太好像一下子醒悟过来:"指住只脚?"她想了一会儿,说:"我知道他的意思了。哎呀!"她一下子就把六国饭店忘记了,大声叫着儿子:"阿仔,阿仔,你老豆最中意的嗰对皮鞋呢?"一边叫一边开门出去。

少爷已经站在门口,愕然地说:"早就烧给他啦。"

几个人一下子安静下来,听到门外有人卖糖水的声音:"绿豆沙,绿豆沙,好靓陈皮臭草绿豆沙……"

冯家准备请当时在粤港澳三地都十分红火的"扎脚胜"来演粤剧《穆桂英大破天门阵》。

扎脚胜姓林,是广东新会双水楼墩乡人。扎脚[1]就是把两个脚跟用薄板夹附于小腿上,用缠带捆扎紧固,动作时只用脚尖着地,类似今天的芭蕾舞。

扎脚胜演出前,连如和冯家的用人一起在天井摆好了给客人看戏时坐的小凳子和小桌子,桌子摆上茶点水果。

---

[1] 即缠足,四邑人称为"扎脚"。

今天的茶是英式红茶，水果是荔枝，刚从东莞运过来的，叶子都还是绿的。荔枝这种水果十分娇贵，一定要吃当天摘的，不然有"一夜干，两夜黑，三夜烂"之说。除了荔枝，还有马来西亚过来的榴梿和暹罗的杧果，这两种水果连如从来没有吃过。每桌还配有一小束新鲜的茉莉花，散发着清香。

客人陆陆续续到齐。吃水果，喝茶，寒暄。

突然，锣鼓喧天。一个大老倌背上插着八面锦旗，头戴着色彩鲜艳的雉尾，身上穿着百褶战裙，在"策马""趟马""走圆台"时露出"三寸金莲"，踮起脚在戏台上不断地旋转。一时战裙飘飘，令人眼花缭乱。

台下所有的人都站了起来，鼓掌、喝彩声不绝于耳。

"太美丽了。"一位冯太太请来的葡萄牙贵妇眼含热泪地说。她是冯太太的教友，住在东望洋山上，东南亚风格的房子有着面对大海的宽大门廊。她兴奋地叫住连如，拿起一束准备好的鲜花交给她："请你替我送给台上的这位先生。"

连如看看冯太太。她点了点头。

连如恭恭敬敬地捧着鲜花，走到戏班的后台。连如拨开帘子走进去，看到所有人都在紧张地化着装，描眉的描眉，打粉的打粉，每张脸都是一样的。她很茫然，不知哪个是刚才在台上大放光彩的大老倌。她想问，但看到所有人都在忙着，没有人顾得上搭理她。她捧着鲜花，闻到玫瑰和百合发出的幽香。在恍惚间，身后传来一声娇滴滴的声音："阿姐，我们又见面了。"

连如转过身去，看到一张和其他人一样画得红红绿绿的脸，一身看上去有点脏的戏服。连如一时想不起在哪里见过她。这时，有人探头进来，大声地叫："佩儿，佩儿，到你了！"

女孩子转过身去，走了两步，又转回头，调皮地眨了眨眼睛。

就这样，连如见了佩儿第二面。

一九〇八年的夏天，刚刚下了一场很大的雨，澳门的街上还是很凉快的。被雨冲洗过的石板路干干净净的，碧玉和赵连如手拉着手，很小心地走在石板路上。两边的铺子刚刚开张，她们一边走一边听到木板被抽起来的声音。这条街是碧玉家里的，用连如母亲的话来说，"好架势"，也就是很有势力的意思。那时的冯家还真是"好架势"，冯凤韶生前捐建了一家镜湖医院，这是澳门第一家平民医院，他则是镜湖医院的第一任院长。

冯碧玉老家在香山石岐，在澳门也有物业，她父亲新派，就把儿子和女儿送到澳门读书，偶尔回石岐。每次回来，碧玉都带烧好的石岐乳鸽给堂哥吃。她比雪秋大两岁，生性活泼，性格刚烈，是雪秋的主心骨。那时还没有女校，培基学校还是男女同校，赵连如和比她大两岁的碧玉、同年的雪秋便成了同学。

这时候，同盟会在日本成立未久，香港很快就发展为同盟会的重要革命根据地之一。而在澳门，康梁改良主义的君主立宪政治主张尚占统治地位。连如所在的培基学校的老师，多半也信服康梁的学说。学校每逢星期六下午都要举行演说会，开始是一些学术性质的讲演辩论，后来逐渐由"性善"与"性恶"之争，发展到"尊孔"和"反孔"之争。连如和碧玉都是学校的积极分子，她们还组织了一个"非儒会"，后来发展到十几人，与另一派主张尊孔的同学展开论战。

一个星期六的下午，赵连如正在和"非儒会"的几名同学讨论，看到冯碧玉站在课室门口向她抬手。连如走到门口,看到碧玉眼波流动,两颊绯红,附在她的耳旁小声地说:"我明天就要去香港了。"

"回香山吗?"连如没反应过来。

"没听见我说的话吗?到香港。"碧玉脸色一沉。

"到香港做什么?"连如赶忙追问。

碧玉没有回答,转身便走,她的背影在一条柱子后面闪过就消失了。赵连如惆怅地站在门口,突然想起故乡那口长满荷花的池塘。也快到中秋节了,那是莲藕最肥的时候。

她刚想走进课室,雪秋就急急忙忙地走过来问她:"见到我姐了吗?"

"看到了,她要去香港。"

"她说了去香港做什么没有?"

连如摇摇头。雪秋那时也是"非儒会"的积极分子,口才了得,样貌英俊,博得一众女同学的好感。

雪秋急急忙忙地说:"出大事了。"

连如大声问:"出什么事了?"

雪秋顿着脚说:"一言半语也说不清。她回不了家了。"说罢像一阵风似的就走了。

连如住的这个客房，二楼的走廊是通的，平时过道摆了些海棠、米兰之类的盆栽。这时季如已经怀上二胎了，连如除了上学读书，就帮母亲做些家里的杂活，或者是陪伴姐姐。少爷平时很少来季如的房间，大多是和少奶奶去各式茶会或者教堂，但也经常带回些各式点心，叫用人送到季如的房间。少奶奶有葡国人的血统，鼻梁很高，黑发，眼窝很深。时间长了，连如慢慢对她有所了解。少奶奶虽然傲慢，但却没有一点小女子之气，走起路来一阵风似的，比连如还快，且视季如生的孩子为己出，呵护有加，还经常送些时髦的首饰给她们姐妹，对连如的母亲也非常客气。冯家上下都说少奶奶好，虽然没有孩子，但都很尊敬她。连如觉得自己来到这个家里，简直是上辈子修了天大的福。

到了晚上，连如帮姐姐洗好了身子，铺好了床，自己拿本书看着，等姐姐睡着了，就吹熄了油灯，轻手轻脚走出房间，扒在门廊上看风景。有时可以看见那个埋头疾书的人的灯光。连如就想，老爷对他那么好，也不知他在搞什么大作。连如有时候会在走廊上待很久，看着远处的海面上太阳落下去，月亮又升起来。

这天她下了课，一溜烟地跑进姐姐的房间，看见冯太太、少爷和少奶奶都在房间里,正脸色沉重地说着什么。

"你见到碧玉了?"看见她进来,冯太太问道。

"快说,急死人了!"连如吞吞吐吐的,冯太太有点不耐烦了。

"她是见我了,说是要到香港,但没说为什么。"连如明白大家都知道她和碧玉好,只好说出所知道的。

"她偷偷把家里的地契卖了,拿着钱去戏班赎了个戏子,一齐跑到香港。"少奶奶的话像出弓的箭一样射出。

"现在石岐的人都过来澳门了,要抓她回去浸猪笼呢。"少爷急得在屋里转来转去。

"那她都去香港了,来澳门也找不到她呀。"连如不知如何评价此事,只好就着少爷的话接下去。

"她来澳门读书,是托我们照看的。你说出了这种事情,怎么交代?她就没有跟你漏过一句?"

"真的没有。"连如突然口干舌燥。

有过这么几次,在下午没有课的时候,碧玉都拉着连如说要去听戏。但连如不喜欢听戏,她一听到广东粤剧的锣鼓声心里就烦。"声音又大又急。"她对碧玉说。

但碧玉只要一看到那些穿红着绿、环佩叮当的主角上场,就兴奋得两眼放光。"哎,你真是乡下人。"她毫不掩饰对连如不喜欢看大戏的嫌弃,这是她对连如说过的最重的一句话。

对此连如是不服气的。因为在家乡,每到冬至的时候,地主陈四眼都要请上九台大戏给所有的乡亲看。就在收割后的稻田里搭上戏台,通常陈家都是请九个戏班,先是把庙里的老爷请出来游玩,用八抬大轿抬着罩有红布的龙王爷在乡里游走一番,然后大摆宴席,请乡亲吃"龙王饭"。一摆就是几十桌,戏种很丰富,有粤剧,有潮剧,也有木偶戏。通常看木偶戏的人最少,但还是每年都请。陈四眼说,龙王爱看木偶戏。连如也爱看木偶戏。有一年冬至,一台木偶戏就连如一个人傻呆呆地在下面看着,虽然说是龙王爱看,但因为看的人少,戏台也没搭在田上,就搭在街角的拐弯处。她远远听到田野上锣鼓喧天,小孩子在嬉戏打闹,还有烟火划过天空的咻咻声。连如是喜欢看烟火的,老是转过头去看田野上放的烟火。她心里痒痒的,但总觉得身后有一双眼睛盯着她,盯得她不能动弹。她转过头去看看身后,一个人也没有。连如就想,是龙王的眼睛吧。

但是碧玉就不一样,她爱看戏爱得不得了。她说自己在香山的时候,就是全靠去看戏打发日子。她还曾想过去戏班学戏,给家里管住了。

所以听到碧玉拿了家里的田契去赎了戏班的戏子,然后和她一同去了香港时,连如马上就想起肯定是佩儿。当时佩儿跟着"人寿年班"戏班住在福隆新街内巷。那天下午早早放了学,碧玉就拉着她到那里,但没让她进去,只是让她站在街口等她,说要到里面的一间饼铺拿包杏仁饼。连如当时局促不安地站在街口等她,每每有男人经过,用不怀好意的眼光打量她,她就愤怒地大声咳嗽。好半天碧玉才出来,也不听她的埋怨,拉着她就走。连如依稀记得当时她说佩儿身世悲凉但唱戏唱得多好,可其实也没有在意听,因为只要听到"唱戏"这两个字,她就想到锣鼓喧天,精神注意力都没法集中,只想逃避。于是少奶奶问连如的时候,她就一直张着嘴,一句话也说不出,只发出"啊啊"的声音。看到少奶奶鄙夷地看着自己,她感到有些惭愧。

窗外下起雨来。从季如的房间可以看到楼下院子里的芭蕉叶,在雨水的洗涤下碧绿碧绿的,散发着勃勃生机。三年抱俩之后,姐姐已经怀上第三胎了,第二胎生的是个女儿，冯家上下都喜欢得不得了，少奶奶还送了一对足金的镯子给小千金。冯太太已经放出话来，说是如果第三胎是个儿子，那就给季如一家在珠海置房置地，让亲家后半生就收收租子生活，过上体面的日子。

看着姐姐母凭子贵，连如也由衷地高兴，越来越喜欢这家人了。一会儿雪秋也来了，大家就在商量碧玉去哪儿了。少奶奶猜测她会不会躲在哪个庙里了。而澳门也没有什么名寺，都是一些敬龙王、敬猫的小庙，住持也不会留她们俩这样的人。雪秋哥想了想，觉得他姐姐可能去了省城。其实连如早就想到了，碧玉肯定是去了广州。

冯碧玉曾经跟连如讲过，她最佩服的人是一个在香港的富贵人家，认识了革命党人后，与其结婚并把自己的家产都卖了，双双去了日本留学搞革命。碧玉说，那样的生活才有意思。当时香港有一所"实践女校"，里面全是像佩儿这样的女性，逃婚的、从良的……只是冯碧玉连婚都没订，不知为什么对妇女解放一事如此着迷。她曾对连如说，她是不愿意结婚的，她说："你看看你姐姐，就是娶进来生孩子的嘛。"连如给她说得脸红耳赤，不知道怎么回答她。但她心里倒不是这样认为，在她看来每个人都有每个人的命，要是叫姐姐去闹革命，连如觉得是个笑话了。碧玉在广州认识一个姓宋的女子，这个女子在一家学堂里当刺绣老师。那个学堂也有点像香港的那家实践女校。碧玉好像在香港并不认识什么人，连如认为她肯定是去广州投靠了这个姓宋的女教师。

冯太太先是吩咐众人在家附近的山头寻找一番。附近有座牛头山，从远处的海面上看过来，山左右两块凸出的石头很像牛的两只角，加上海边石头的颜色都是乌黑乌黑的，而那些低矮的灌木就好像是给牛皮贴了一层黑色的短毛。但是当连如和雪秋气喘吁吁地走在牛头山上的时候，却感觉树木还是挺大的。正是夏天，俩人汗淋淋地站在一棵巨大的橄榄树下，阳光从树枝中照射下来。雪秋觉得很累，看看连如，连如正仰着头兴致勃勃地看着树上。

"你在看什么呢？碧玉也不会在树上啊。"雪秋心乱如麻地问她。

这时他们已经在山上找了几个小时，雪秋都感觉自己快迷路了。太阳还是很猛烈地照着。他心里安静下来：还好，他们上山的时候还早。其实他当时并不主张到山上找姐姐，他知道姐姐并没有到这座山上，他和连如都觉得碧玉肯定是到了广州或香港。但冯太太很奇怪，就是坚定地认为碧玉是躲到这座山上去了。他们早上在家里吃了点简单的早餐就出来了，现在肚子已经饿得咕咕叫。

连如问他："你饿吗？"他点点头。

山下面的海滩，白玉般的沙滩尽头有一湾湛蓝湛蓝的海水。海水在他的注视下，居然呈现出彩虹一样的色调。这时，他听到隐隐约约的歌声。

两人互看了一眼，马上手拉着手往有歌声传出的地方跑去。但是没跑几步，他们就被一排尖利的栅栏挡住。那些栅栏很粗糙，而且高低不一，上面还缠着铁丝。两人往里看，发现不远处有几间黄色的土墙房子，墙上有一个大大的记号。"麻风院？"冯雪秋小声跟连如说道，他是学医的。这时他们看到一个身材高挑的年轻女人从房子里走出来，穿着一件黑色的香云纱裙子，但肩膀处已经有了几处破洞。那个女人也看见他们了，毫不犹豫地向他们走来。雪秋第一个念头就是往回跑，但自己的手却被连如紧紧地拉住。

女人慢慢地走近他们，在离栅栏处有一段距离的地方停住了，用非常平静的眼光看着他们。连如看到她有一张像天使一样的脸。

连如大胆地说："我们在找一个人，是我们的亲戚，一个女孩子。"

美丽的麻风女笑了一笑:"你们找错地方了吧?"

下山的时候两人都有点心不在焉。连如被脚下的野草绊了几下,差点就滚下山了,幸亏给雪秋拉住。盛夏的时节,两人都穿着短袖,连如还穿着学校的校服,胳膊都给划出了几道红色伤痕。两人惊魂未定,坐在一棵岗稔树旁。盛夏的岗稔树长出紫色的饱满果实。雪秋摘了一颗放在嘴里,二人默默地看着脚下的湛蓝的大海。

四　再折长亭柳

冯碧玉和陈佩儿站在麻风院的土墙后,踮着脚从窗户看着她弟弟冯雪秋和赵连如下山。等他们俩的身影彻底消失后,二人松了口气,从扒着的窗户上跳了下来。说是窗户,其实就是一个简单的洞,不要说挡风的玻璃了,连纸都没有一张,就在俩人准备坐下去的时候,看到麻风院的女人朝她们这个方向看了一眼。二人吓得顺着墙根坐到了地上,碧玉想说什么,佩儿连忙竖起手指,叫她不要作声。又过了许久,外面的天色也暗下来了,佩儿沮丧地说:"回去吧。"

冯碧玉忐忑不安地站在福隆戏班林老板面前,大老倌此时下了装,是个结实英俊的中年男人,匀称结实的身材,匀称的五官,浓眉大眼。房间的光线有点暗,冯碧玉看不清他脸上的表情,他看上去有点心不在焉。扎脚胜林老板拿着冯碧玉给的地契,脸上现出阴晴不定的古怪笑容。

"你系香山冯家的?"扎脚胜问。

"系啊,香山石岐的。"碧玉恭恭敬敬地回答。

"哗,你地冯家好架势。"

"所以我就要脱离冯家,自食其力。"碧玉慷慨激昂,声音也大了起来。

扎脚胜哈哈大笑,笑得直不起身子。

碧玉不知道这件在自己看起来十分严肃的事情,为什么让对方觉得这么好笑。她皱起了眉头,想离开这个地方。但她看看林老板手上的地契,又想到佩儿,只好耐着性子。

"你知唔知什么叫自食其力?"扎脚胜擦着笑出来的泪水问她,说完又笑起来,但这次他很快就收住,眼神有点恍惚。

"你几岁啊?"

"十六岁。"

扎脚胜把手上的地契递给她。碧玉吓了一跳。伸伸手,又缩回来,轻声而又坚定地说:"这是我用来赎佩儿的。"

"你都傻的,我拿你这些地契,香山嗰边追死我啦。我唔使捞¹啦。"

"你地冯家咁架势。"他又补了一句。

碧玉的脸涨得通红。

"你不知道吗,香山嗰边要捉你番去浸猪笼啊。"扎脚胜做出一副夸张的表情。

"我看谁敢!"碧玉喊道。

"佩儿那里,你不用担心,她是我的契女。"扎脚胜拿起桌上的茶杯喝了口茶。

碧玉马上想起一个传闻,说是林老板有很多女拥趸,自己又风流。有一天演完戏,风雨交加,他刚回后台卸装,茶都没喝一口,突然从外面冲进一个浑身湿透的女孩子,大声叫他:"老豆。"

"咪住,你老母叫什么名字?"他看着这个女孩子,虽然衣衫褴褛,但是一张小脸还是非常精致。

就这样,佩儿小小年纪就跟着扎脚胜跑江湖了。这个故事也在江湖上广泛传诵,人人皆知。扎脚胜先是让她跟着一个盲公出去卖唱,最近才把她叫回戏班,演一些串场

---

1 粤语,意为不用混下去。

的角色。

扎脚胜又喝口茶,说:"地契我就不要你的了。不过你们两个要同我去广州演一出大戏。如果演成功我就放佩儿走。这样可以吧?仲有,我地戏班去广州的船票你地冯家来出。"

因为这件事情,碧玉和连如都被学校开除了,说她们行为不规范,有违校风。连如感到十分委屈,碧玉也找校方说理,说都是自己的事情,与赵连如无关。但校方认定俩人是一起的。为了这件事情,冯太太十分恼怒,斥责两人道:"女子无才便是德,不要再去上学了!"地契自然是送回香山老家了。佩儿也回了戏班。

一切都安静下来,事事如常。碧玉自然也不回香山老家了。冯太太不让她去戏班,也不让她再见那个佩儿,说再发生这样的事情就把她送回石岐。碧玉干脆就弄了一套大老倌戏服穿在身上,请了一个师傅天天上门教她唱戏,有时偷偷去外面看戏,回来就唱给连如和雪秋听。开头的时候,碧玉一唱,大家就捂着耳朵,说:"求求你放过我们吧。"她的嗓音冯太太评价得最准确——破锣声。于是碧玉只能在冯太太出门的时候唱。这天趁着两位奶奶去了教堂，碧玉又在天井开练了。她穿着一身藕色的长衫，套一件黑色的香云纱背心，一头黑发绾起来，戴了一对珍珠耳环。还化了一点妆，自个儿站在天井里一棵芭蕉树下开唱了，一开声就是走调的沙哑破锣声：

别离人对奈何天，离堪怨别堪怜。
离心牵柳线，别泪洒花前。
甫相逢，才见面。
唉不久又东去伯劳西飞燕。

书房门一下子打开，书生捂着耳朵涨红了脸冲出来，一边在走廊里跑，一边大声叫道："还让不让人活了！"他指着碧玉说："你快嘀去睇病啦。"又指向路口："啯间啊。"

站在芭蕉树下的碧玉好像也给他吓住了，一下子默不出声。但她很快清醒过来，朝他翻白眼，拉一下衣服，清一下喉咙，准备再唱。

突然有很幽怨的声音从墙外飞进来，唱的也是这首《再折长亭柳》：

忽离忽别负华年,
愁无恨呀恨无边。
惯说别离言,不曾偿素愿。

唱得太好了,连不爱听粤曲的连如也被深深吸引。声音虽是平喉,但如泣如醉,就像爱人在耳旁的喃喃细语。

墙外的人继续唱道:

春心死咯化杜鹃,
今复长亭折柳,别矣婵娟。
唉我福薄缘悭,失此如花眷。
泪潸然,两番赋离鸾……

芭蕉树下的碧玉脸色苍白,身体轻轻发抖。她跺了一下脚,就朝门外跑去。天色已经暗了下来,出了门的碧玉什么也看不见。远处海天一色,只有那歌声不断飘荡。

碧玉帮佩儿逃出戏班事出有因。

戏班的林老板突然对传统戏厌倦了。他也知道自己不可能一辈子都靠踮脚尖吃饭。于是有一天他产生了一个伟大的梦想：不演传统戏了，他要排新戏。但是排什么新戏呢？前段时间他到省城会了一个到广州演出的昆曲名角，看了他演的《苏三起解》，十分仰慕，专门请他去十三行吃鱼翅。

他把王妈妈叫来。王妈妈是戏班的管家，是林老板从老家新会带过来的。碧玉见到王妈妈时，后者已是一口烟屎牙。她身材高挑，很瘦，时常穿一件藕色的企领旗袍，两只大眼睛顾盼有神。她一直跟着林老板，为他打理细务，但从来没有听她唱过一句粤曲。

"那很好办啊，你就编出戏，叫《红船》。"王妈妈说。

"红船"是两广一带的花船，常年漂泊在江上。

"这出《红船》就是粤版《苏三起解》。"

"就是这样说好了。"林老板拍手叫好。

二人把寄居在冯家的书生请到官也街的一家葡国餐馆，很有面子地请书生食猪仔包。书生也很有风范地拿猪仔包蘸咖喱食，书生说要葡萄酒。林老板大方地说："只要写好了，你这一辈子的葡萄酒我都包了。"就这样，书生爽快地答应了帮林老板写《红船》的脚本。

在葡萄酒的诱惑下，书生在冯家夜以继日地创作，一周就拿出了《红船》的脚本找到林老板。

"高先生,你这不是要陷我于乱党之中吗?"林老板捧着剧本看了一会儿,神情大变。

"林老板,识时务者为俊杰。你看这个世界,滚滚洪流,大势所趋。"书生阴阴笑。

"你耳后有反骨。"林老板看到书生耳朵后面扇起的两片骨头,指着那里说道。

书生站起来,拂袖而去。

书生写的脚本,是一个年轻革命党,在广州沙面的河涌上混入花船,借此刺杀清廷命官,结果和船上的花旦一见钟情,导致行动失败,双双殉情跳入珠江。林老板初看时勃然大怒,这和《苏三起解》有什么关系呢?但王妈妈在一旁劝解他,说老是演旧戏看来是不行了,演出新戏试试市场。她说的话林老板通常都能听进去。

扎脚胜这次有心关照干女儿陈佩儿,想叫她做花旦,叫王妈妈和她讲,然后自己泡壶铁观音坐在茶桌前,手中拿着一包刚刚出产的南洋兄弟"红双喜"香烟,心满意足地等着佩儿来道谢,谁知道一会儿佩儿满脸怒容推门进来,后面跟着也是满脸怒容的王妈妈。

"怎么，两个吃了火药？"林老板很诧异。

"我不演妓女！"佩儿大叫道。

"我的傻女，这是革命的妓女。"林老板一拍大腿，笑得直不起身。

当他笑罢抬起头来，佩儿已经不见了。

碧玉和佩儿偷跑出来之后，又溜回冯家大宅偷偷拉上连如。三人去了南湾街四十一号的同盟会澳门支部进行举手宣誓，正式加入同盟会，成为澳门同盟会最早的女会员。当天晚上和她们一起举手宣誓的还有培基学校的女同学梁幼瑛。梁幼瑛的养母因贪图钱财，打算将她嫁到新加坡当妾侍，培基校董兼义务英文教员吴节薇得讯后，即与学校内同盟会师生商量，劝说梁幼瑛不要上当。当时澳门同盟会主盟人林君复主张她到香港暂避。四人同时进行了庄严的入会举手宣誓。

碧玉在宣誓的时候偷偷看了一眼身边的梁同学，一边回忆在学校的什么地方见过她。梁同学一脸严肃，现出坚强的神色，和佩儿的柔弱形成鲜明的对比。她长得像典型的澳门女孩，皮肤有些黑，嘴唇有点厚，眼睛大大的，很有精神，也穿着培基学校的校服。总之，梁幼瑛一眼看过去就不像是个愿做妾侍的女孩子。在昏暗的灯光中，碧玉隐约看到她的眉心有一颗朱砂痣。她突然想起来了，她是见过这位同学的，好像是在操场上。那天太阳很大，她和连如一起跟着体育教师到田径场，远远地就看见沙地的跑道上一个女生跑得飞快。

碧玉又看了身边的这个女孩子一眼，轻声对连如说："就是她。"就在这时，碧玉隐约闻到一股时有时无的香气，既像茉莉花，又像是姜花，这股香气使她有点恍惚。她想起澳督夫人到她家，身上也有这股香气。那天澳督夫人到冯家请太太托人到广州去烧一批茶具运回葡萄牙，茶具的图案都是夫人自己定制的。当时应该是全家人都回避的，她刚从学校回来，远远地就看见夫人的汽车停在大宅门口。她走到门口时刚好夫人也下车，于是闻到了这股香气。

领着她们宣誓的同盟会人很不满地看着她，旁边的佩儿也轻轻地捅了她一下。她一下子回过神来，大声地读宣誓词。

昏暗的灯光下，碧玉望见房间门口站着一个少女，十六七岁的模样，很标致。碧玉吃了一惊，她知道这个少女的名字，对方结婚不久，嫁了一个很有钱的唐姓男人，碧玉还和冯家的人一起去"陶陶居"吃喜酒，酒席足足有一百围，乳猪是特地请顺德均安的师傅过来做的。碧玉惊讶地想：连她也要革命？

碧玉隐隐感觉到不安。带她们宣誓的是一男一女，男的应该是她们学校的地理教师，女的年纪比她们大，肯定已经嫁人了，也不是学堂里的学生，看穿着像是修道院的嬷嬷。

宣誓完毕，大家都松了口气。女人简单讲了几句，大概意思就是说她们四个一起走，已经安排好了船只，但路上一定要小心。她看着碧玉说："特别是你要注意，现在冯家的人满世界地找你。"碧玉坚定地说："找到我也不会回去。"

"你们现在已经是同盟会的会员了。大家都是革命同志。明白什么是同志吗？就是超越了亲人、爱人，有着共同信念的关系。比如说'宝生堂'的老板，他信了基督，就信了一夫一妻，他原来有个妾，他主动送妾到学堂，并定下誓约，等妾学习完毕，找到工作，他们就结束彼此的关系，转为兄妹关系。"女人越说越兴奋，声音也越来越大，脸色潮红，在昏暗的灯光下闪闪发光。她好像看见一个新世界展现在眼前，一轮红日在冉冉升起。

佩儿拉拉碧玉的衣袖，小声说："她好激动。"

佩儿话还没有说完，女人就突然停了下来，摸着黑从桌子下面找什么，四个女孩子紧张地看着她。过了一会儿，女人摸出了一张图纸，上面歪歪扭扭地画着一些路线，她朝四个人看了看，好像在打量什么，然后就把图纸塞给连如。

女人说："这就是你们到了省城要找的地方。记住了？"

连如郑重地点了点头。

后来碧玉总是记不住这个名字，多次问佩儿："那天说的是什么地方？"

佩儿信誓旦旦地说："十香园。"

碧玉脑袋发胀，总觉得好像不是这个名字。

四人走出街口。梁幼瑛伸出手来，说："我自己走。为了今天的结盟，我们四人一齐握手。日后在省城见。这是历史性的一天。"她轻声笑起来："历史由我们创造！"

四人的手叠放在一起。此时此刻，四人的眼光都是纯洁和坚定的。很多年之后，每当碧玉想起这个情景，都会热泪盈眶。

连如是半夜跟着碧玉和佩儿跑出来的。按照计划,她们先回冯家大宅,到时与雪秋一同前往广州,两人对碧玉再次出走的事闭口不谈。

冯少奶奶在黑夜中仍然睁大着眼睛。夫君在身边已经沉沉入睡,但她心里还是一团乱麻。她也参与了寻找冯碧玉的行动,在福隆戏班和林老板纠缠了半天。一直忍受着肮脏的街道散发出的阴湿气味和身边进进出出的肮脏男人猥琐的眼光。她一辈子也没有来过这种地方,她搞不明白为什么出身名门的冯碧玉居然会在这里和一个什么戏子搭上了关系,还偷偷把家里的地契典当了。但冯太太发脾气的时候,她并没有在一旁火上浇油。她十六岁嫁入冯家,和少爷如胶似漆,少爷就宝贝她一个。虽然少爷迫于家中的要求又娶了一房,但丝毫没有影响她和少爷的关系。澳门这个地方,西风渐进,到处都在闹妇女解放。她因为受宠,也没有感觉到有什么受不公平待遇的地方。碧玉也没有受什么委屈,从小就上西式学堂,和连如天天拉着手上学。今天冯太太发脾气的时候反复就说着一句话:"女子无才便是德,她去上那个学做什么!"她对让碧玉去上学简直是把肠子都悔青了。盛怒之下,也不准连如去上学了。倒是老爷养的那个门客为碧玉说了句什么话,大概的意思是既然是这样的坯子,她上不上学也是要出事情的,你就当她是个另类罢了,千万不要气坏了自己的身子,而且这个世道已经变了,风向也已经转了,等等。说了半天,冯太太慢慢消了气,长叹了一声,挥挥手,众人才散去。

少奶奶听见街道外面好像已经起风了,并且下起了大雨。风声越来越大,从海面一直席卷过来。每年到夏天,澳门都要刮几场台风,台风大的时候,能把路边的白兰树和凤凰树吹倒几棵。她想起一个场面。有一次刮台风的时候,他们刚做完礼拜,内心很平静,站在教堂的门廊上。那座教堂是建在山上的,风景很好,可以从门廊上看见远处的大海。大雨如注,他们默不作声地看着雨水从海上卷到眼前。她记得自己戴着一顶白色的草帽,穿着一条胸前打着蝴蝶结的黑色连衣裙,还是那么丰满。大雨已经打进来了,神父也叫他们进去,但俩人还是倚着门廊紧紧靠在一起。少爷那天是穿着一件白色的西装。她觉得自己一辈子也忘不了这天的景象。

老爷养着的书生是研究《三国演义》的。连如有一天问他为什么不研究《红楼梦》,他就摇摇头,说他对情感的事情没有兴趣。连如又问他是不是就不准备结婚生儿育女了,书生肯定地点了点头,说他很怕麻烦。

因为他经常看到连如兴奋得满脸通红地跑上跑下,忍不住就问连如:"你现在做的事情很有意思吗?"

连如郑重地点头答道:"先生,那可是惊天动地的事情。"

他就笑了一笑说:"当初吕布诛杀董太师的时候,也是自认为惊天动地。知道吗,历朝历代闹革命都是要掉脑袋的。不管是康南海还是孙大炮,他们的脑袋都要掉下来。"

自从她到了冯家以后,她就一直和碧玉是手拉着手上学的。接受新思想,她也是受碧玉的影响。她一想到碧玉在黑夜中偷偷摸摸地寻找那本地契的时候,心里就替她感到紧张。就这么一阵子,她想象着自己和碧玉在黑暗中穿过一条条窄巷,来到那所房子面前。巷子里混合着烤猪肉和杏仁饼的香气。碧玉肥嘟嘟的脸笑眯眯地问她是不是想吃杏仁饼了,她的心暖和得像刚刚在温水里泡过一样。夜深了,房子两旁的店铺都上了木板,有一两家木板还没趟上,只趟上了深颜色的趟栊。只有那所房子灯火通明,里面还传出阵阵的嬉笑声和打闹声。自从革命派把接头地点放到福隆戏班以后,她和碧玉就时常会来。佩儿她也见过，黑黑瘦瘦，两只手伸出来鸡爪子一样，唱咸水歌的。因为长得不好看，好像也没有什么客人喜欢她。她一张嘴就唱起咸水歌来："月亮光光月光光，月亮光光月光光。夜静更深对朗月，朗月光且亮，人在天涯离开家园……"声音细细的，清澈无比，就像山间流淌的一股泉水。所有人都张着嘴巴呆呆地看着她。佩儿好像所有的生命都在咸水歌身上，平时她瘦弱无比，呆头呆脑，但只要一唱起歌，她就容光焕发，灵气四射，那些蛰伏在珠江三角洲广阔田野里的精灵都会闻风而动，翩翩起舞。

碧玉也是被她的歌声诱惑而来的。第一次见到佩儿的时候，是在冯家的戏楼里。那天是冯老爷生日，福隆戏班来唱堂会。冯老爷点了一首南海九江一带的咸水歌《老虎洞》，佩儿一亮嗓子，满堂喝彩。那天佩儿穿着一件粉绿色的水袖长衫，唱完一曲，冯老爷站起身来，神情有些恍惚。后来他对旁人说，他想老家了。那天客人很多，王妈妈带着佩儿离开的时候，正上着第三道菜。第一道菜是红烧乳猪，第二道菜是清蒸东星斑鱼，上第三道菜鲍鱼的时候王妈妈就领着佩儿拿着老爷丰厚的赏钱离开了。当时也没有什么人注意，大家都沉浸在冯老爷大寿的喜悦里，只有碧玉记住了这个唱咸水歌的少女。

其实一开头佩儿就没喜欢过碧玉。别看她瘦瘦小小的,但有时眼睛透着一股冷冰冰的恨意,看得碧玉寒气直蹿脊骨。谁也不知道佩儿的身世。每当碧玉问起佩儿,她就让碧玉别问了。若追问下去,她就说家里人是给他们冯家逼死的。碧玉知道她在胡说,就不再问了。但大部分时间她都是柔弱的,吃很少的东西。扎脚胜后来也不喜欢她了,真的就是因为她的咸水歌唱得实在是好。别人唱一股老土的味,她一开腔就千柔百媚,直把人唱得肝肠寸断。有一年的七巧节,戏班的众姐妹一早就起来梳妆打扮,穿新衣,上香,打扫庭院,插花,还在供桌上放满了香喷喷的佛手和新鲜的时令水果。每个姑娘都做"巧果"来互相竞赛手艺,个个都忙得不亦乐乎。张姑娘做了只糯米的小白兔,还铺了一块小白兔最爱吃的胡萝卜;这个时候,姑娘们都是明争暗斗的,个个都是无魂的主,扎脚胜就是她们的魂。于是一心想讨好他的姑娘就想尽办法做出些心灵手巧的手艺活讨他欢心。众所周知,七巧节也叫"乞巧节",是少女们向王母娘娘乞讨手艺的隆重的节日。

在冯碧玉的记忆中,自己似乎就是在永远没完没了的七巧节中长大的。她和连如、佩儿都讲过这个感受。她们都颇有同感。碧玉小时候在香山老家过七巧节，最重要的事情是"赛巧"，也就是比赛穿针。这让长大后的她一直对针线厌恶到了极点。她实在不知道大人们为什么要让她们去穿那该死的针线，而且是比一般针孔还要细的银针，甚至把这事看得比她们的贞节还重要。但每逢这天，她就会有新衣裳。一是过年，二是过七巧节，她都会得到新衣裳。这让她对七巧节没那么讨厌。

另外，姐妹们还会摘花供织女。六月盛开的荷花已经凋谢了，偶尔采到一两朵粉荷能让人高兴得不得了。而七巧节前后恰好是姜花盛放的日子，于是姜花便成了供织女娘娘的首选。夜里当姜花和晚莲的香气混合，碧玉觉得肌肤的每个毛孔都渗进了香气。这样的夜晚使她短暂忘却了穿针之苦。

对于这些传统，碧玉和众姐妹都听天由命，从来不会发出任何的疑问。比如说，为什么一定要选在这个日子？像王母娘娘这样的神仙到底是怎样生活的？她某一天脑子里闪过这样的念头，但很快自己就感到羞愧。因为看到其他人都是心安理得地过这些节日，从来没人发出过疑问。只有佩儿问过一个问题。一天上午，众姐妹在准备"拜织女"要准备的五子,即桂圆、红枣、莲子、花生、瓜子,还有酒、茶水和各式水果等等。

"织女姓什么?"佩儿问。

"织女姓什么?"姑娘们一再重复着佩儿的问题,笑得眼泪都出来了。连碧玉自己也笑得收不住嘴,一时半会儿觉得嘴都笑歪了。

只是佩儿一点都不觉得好笑,还是很坚持地问:"织女姓什么?这有什么好笑的。你们告诉我呀。"

"傻女,那只是个传说。织女姓什么都可以。"王妈妈擦着笑出来的眼泪答道。

"那就姓冯。"佩儿瞪着眼睛说。

"不要胡说了,织女是玉帝的第七个女儿,因为手巧,所以叫她织女,是位神仙。"大家好像笑得更厉害了。

把鲜花插好,把"五子"盛好,众人就开始要比赛做"巧果"了。"巧果"花样很多,材料就是油面糖蜜。张姑娘做了一只小白兔,佩儿用蜜糖和面做了一只小老鼠,还撒了杏仁片,小老鼠顿时像穿了一副闪闪发光的盔甲。

天空中出现一朵五彩的祥云。王妈妈抬头看着那朵云,自言自语地说:"但愿年年有今日。"

她说话的时候并没有预料到,还没有开始吃巧果,碧玉已经跟她提出要把佩儿带走了。

当时王妈妈正把一朵深紫色的睡莲扶正，她嫌摆放睡莲的那个盘儿太浅，正把睡莲拿出来，想换一个深一点的花瓶，那只花瓶没有什么花样，是土陶的，但配上深色的睡莲却是美不胜收。王妈妈正美滋滋地欣赏着这个绝佳的配对，碧玉悄悄走到她身边，低声耳语了几句。她拿着花瓶的手抖了一下，但马上又镇静下来，叹息道："你们还都是孩子。"

七巧节那天王妈妈并没有答应碧玉的要求。她把佩儿叫到自己的房间，要佩儿自己说。佩儿就流泪。

"是我对你不好？"

佩儿拼命摇头，泪流得更凶了。碧玉在旁边看着，心乱如麻，扑通一下拉着佩儿就跪在王妈妈面前，俩人一起磕头。

"妈妈您的大恩，我今世若是报不了，就下辈子还。"佩儿流着泪说。

"好了，今天是拜织女，不要说丧气话，明天再说吧。"借着外面叫她的喊声，王妈妈回答道。

半夜,王妈妈的房间传出字正腔圆的粤曲,一把惊天动地的子喉,唱的正是《再折长亭柳》:

别离人对奈何天,离堪怨别堪怜。
离心牵柳线,别泪洒花前。
甫生逢,才见面。
唉不久又东去伯劳西飞燕。

福隆戏班里无数只耳朵都竖了起来。

"王妈妈开声了,王妈妈开声了。"所有人都在说着这句话。

"我觉得是伤了王妈妈的心了。我这么一走,就不是人了。"佩儿噙着眼泪跟碧玉说。

碧玉扶住佩儿,望着她的眼睛说:"我们,我与你,还有连如、幼瑛,是宣过誓的。"

王妈妈继续唱:

怅望花前,如今也未见。
未见,未见。
未见伊人未见。

衷情待诉，

哎呀呀我心似梅酸。

况有一树吟蝉，

今复长亭折柳别婵娟……

黑夜中，碧玉紧紧地拉着佩儿的手，她此时此刻一心只想着出走，还要和佩儿一块出走。

第二天王妈妈就去教堂了，碧玉和佩儿跟在她后面。王妈妈的背影看上去有点儿踟蹰。她今天出门没有叫人力车，一个人慢慢走着。天色还早，海边弥漫过来的雾气聚拢在她的身后，使得她一会儿清楚，一会儿模糊。她一直往圣保罗教堂走，路面也越来越陡，脚下的碎石子硌得脚底有些疼。

碧玉和佩儿保持着距离跟在她后面。因为有浓雾遮挡，俩人认定王妈妈不知道她们在后面，有一搭没一搭地说着话。

碧玉说："我突然感到很奇怪，我们为什么一定要妈妈同意呢？"

佩儿没有回答。

"那天连如说了,我们都要做好献出生命的准备。革命就是要抛头颅洒热血。既然连命都可以不要,那为什么还要妈妈同意呢?"碧玉进一步解释着。

一团浓雾打在她们身上,瞬间她就感觉到佩儿无声无息地消失了。就那么一段时间,她感觉到自己一下子陷在了无边的黑暗里。浓雾像打湿了的棉花把她越裹越紧。碧玉感到喘不过气来,感到惊慌。她想叫佩儿,但发不出声音。她原地站着,双手用力地撕扯着浓雾。就那么一瞬间,她看见佩儿的脸在浓雾中闪了一下,还挂着邪恶的笑容。因为视线的关系,佩儿的头颅像挂在了大三巴的牌坊上面。碧玉感觉到自己的身子一软,人就倒在了浓雾中。

假如浓雾没有那么快地消散,碧玉就注定要和佩儿分离了。她倒在浓雾里的时候,教堂的钟声恰如其分地响了起来,而且比平时要嘹亮。同一时刻,广场的每一个人都笼罩在浓雾之中,也是生活在浓雾之中。在她旁边,有好几个培基中学的女同学走过,其中有一个还和她认识,平日里和她一同在学校的女子马术队里训练过。但那个同学是立志要做名媛,要做校花的。因此碧玉就看不起她。有一次这个女同学和连如辩论,连如是革命派,她是保皇派。俩人都口才了得,不分上下,还差点动起手来。

碧玉陷进浓雾的时候想起了一些事情。她一再地想起连如，想起那天她和弟弟雪秋走进冯家大院的时候，听到一个清脆的声音在朗诵"生当作人杰，死亦为鬼雄。至今思项羽，不肯过江东"。那个聪明伶俐的农家小女孩。她弟弟雪秋迷恋上了她。

她听见身边有急促的脚步声，由近至远。她心里就想，难道只有我陷入了浓雾之中吗？突然，阳光降临，浓雾消散，天空出现缕缕的耶稣光，光芒万丈。她看到佩儿笑盈盈地站在她身边。

碧玉欢喜地说："哦，原来我做了一个梦。"

俩人继续往前走，但台阶上的王妈妈已经消失了。

五　大闹广昌隆

林老板最近认识了一个从马来西亚回来的外江佬[1]。这个外江佬样貌英俊,身材匀称,和林老板一见如故。他问了几次外江佬是哪里人,开始他是很有礼貌地询问,还用了很有讲究的词语,像是请教大人物一样。但这个外江佬一到这个时候就好像得了失心疯一样,语无伦次,口吐白沫,某一回被林老板问急了,就直接躺倒在地上。有几次他一会儿说自己是广西梧州的,一会儿又说自己是广西北海的,最后广东番禺也成了他老家。还有一次大雨,他居然说自己是翻生[2]华光——华光是粤剧的祖师爷。有时他喝多了,就直接住在林老板的戏班里。某日白天,林老板经过他的房间,听到里面传出唱粤剧的声音,他停住脚步,

---

1 粤闽等地对外省人的称呼。
2 粤语,意为再世、复活。

听到房间里的人用非常清晰的粤语唱道:"天色转暗日落西,行遍广州脚都瘸。今天生意做来诸多阻滞。"这是《大闹广昌隆》中的一段。

林老板不禁在窗外大声叫好。太漂亮的嗓音了,原来外江佬有这个嗓音。就在这一刹那,扎脚胜林老板放弃了演《红船》的想法,转为演《大闹广昌隆》。他甚至都想好了,让外江佬演那个丑角书生,让佩儿演躲进书生黑伞中复仇的女鬼,让王妈妈演广昌隆客栈的老板娘,在客栈无边的黑暗中唱一遍《再折长亭柳》,然后自己在歌声中踮起脚翩翩起舞,手里摇着一柄镂金的扇子。

他一再想象着这场戏在广州城最红火的乐善戏院上演的盛况,激动得在外江佬窗外踱来踱去,自哼自唱。他甚至想好了带什么行头。他要把那双最漂亮的鞋子穿上。那是一双金色的鞋子,鞋头上镶着天蓝色的流苏。

外江佬随身带着一只十分破旧,好几处都掉皮了的藤箱,他和这箱子形影不离。这种藤箱是每个走江湖的粤剧演员都有的,一般就是装着几件演出用的行头,女人会加几件首饰。林老板不知外江佬为什么不肯换了这只藤箱。按照他的身份,早就该换一只锃锃发亮的皮箱了。这只藤箱跟着外江佬也不知走了多少地方。

五 大闹广昌隆

最重要的是外江佬对这只藤箱的态度，犹如看着一块祖宗牌位。即使喝醉了，他也要抱着藤箱进入梦乡。有一次看他睡着了，有人便试着去拉他的藤箱，谁想到给睡梦中的他踢了一脚，把那个人吓得跳了起来。

外江佬酒醒后郑重地宣布，谁也别想打开他这只宝贝藤箱。

王妈妈也有一只藤箱，比外江佬的要小一点。这箱子尽管跟了王妈妈许多年了，但仍完好如新，隔三步之遥，也能闻到从里面散发出来的香气。这香气经常变换，有的时候是墨兰的浓香，有的时候又是茉莉的清香。

有一次碧玉来找佩儿，刚好王妈妈提着箱子外出，走过她身边的时候，碧玉居然闻到了那天她们在同盟会宣誓时闻到的特殊香气。于是她对佩儿说："王妈妈是自己人。"佩儿皱了一下眉头，说："你想多了吧……"

在一次乞巧节，王妈妈曾把箱子打开给佩儿和碧玉看过。她把俩人叫到房间，关上门窗。俩人紧张地看着那只箱子，如同看杜十娘的百宝箱一样，或许说，她们希望看到一只"王妈妈的百宝箱"。但打开后，结果令她俩大失所望。里面整整齐齐地摆着一件比藤箱颜色深一点的竹水衣。竹水衣用细竹管穿结而成,穿在布水衣(汗衫)之上,表演戏服之下,不仅凉快,而且起到防止汗水浸湿戏服的功用。

俩人同时失望地叹了口气。

王妈妈喜上眉梢地问:"怎么样?漂亮吧?"

佩玉乖巧答道:"妈妈,那天唱曲你穿的那件衣服很好看。"

碧玉也说:"是啊,是啊。"

王妈妈脸上的笑容一下子收了起来,诧异地说:"我唱曲子?我唱了什么曲子?你们记错了吧。"

俩人互看了一眼。碧玉连忙说:"妈妈唱的是《再折长亭柳》啊。"

王妈妈面无表情:"我唱了吗?"

碧玉满脸崇拜地说:"是啊,妈妈一开腔全体人便收了声。"她边说边站起来,拉一拉衣服,模仿唱道:

未见,未见。
未见伊人未见。
衷情待诉,
哎呀呀我心似梅酸。

况有一树吟蝉,

今复长亭折柳别婵娟。

听罢,王妈妈掩面笑了起来。

佩儿和碧玉也跟着笑起来。但两人笑得有点莫名其妙的。

碧玉突然说:"妈妈您那天穿了一件广绣的排金绒线青色地团龙纹老旦蟒袍,上面还绣着仙鹤、祥云和花卉。"

王妈妈和佩儿目瞪口呆地看着她。

就这样,林老板决定了带着戏班去广州长寿路的乐善戏院上演《大闹广昌隆》。同盟会这边也决定了派佩儿和碧玉随同戏班到广州城。行动暗号就叫"大闹广昌隆"。

外江佬继续唱:"由朝到晚,东面转到西,今天生意亦唔滞,只因遇着一班留阴[1]大姐仔,走来帮衬我买东西,拣来拣去都话唔系。"

《大闹广昌隆》这出戏,林老板并没有完全看过。有一次在省城,他是听行家讲过这出戏,人鬼未了情,复仇花仙子。行家说这出戏是广西的外江佬带下来的,但几经

---

1 粤语,意为刘海。

修改，像戏里面提到的聚龙坊和琼芳客栈，这些场景都是在广州城。曾几何时，在海珠大戏院演过折子戏，后来给清廷禁了，因为演这出戏的李文茂后来加入了太平天国，所以全本戏从未演过。

林老板太迷恋这出戏了，他甚至想自己去演男主角恒安，那个被女鬼附身，手上黑伞变成了女鬼复仇工具的小商贩。某天，他看着外江佬拿着寸步不离的藤箱走出了院子，于是就壮起胆子唱起来："以为佢买朵红花伴髻围，朵朵大过拳头都嫌细，原来买来遮住个大萌鸡。"

林老板唱到"大萌鸡"三个字时，突然笑得直不起腰来。"大萌鸡"是粤语，说的是人眼皮上有瘢痕，又有"萌鸡豆皮"一说，"豆皮"是麻脸的意思。林老板一直在笑，他幻想自己站在舞台上，骄傲地旋转着脚尖，脚下是一双镶着蓝色流苏的舞鞋，身边围着三个穿着红衣服，头上插着比拳头还大的红花的"萌鸡女郎"，这个场面太滑稽了。他一直笑到听见自己"咝咝"的喘气声才停下来。

为了能体面地到省城广州上演心爱的《大闹广昌隆》，林老板决定倾其所有，租一艘粤剧的海上宫殿——红船。这种船专门给四处辗转的粤剧戏班使用，有时去的地方远,戏班要在水上漂浮几个月,全部人马就住在船上。这种船通体漆红,三层高,顶层还是露天的,就像一个小剧场,可以在那儿排戏。林老板准备带着福隆戏班乘着红色的海上宫殿,堂而皇之地在广州天字码头登岸,不仅要给省城人民带去惊喜,更要让整个粤剧行业为之震惊。

当天晚上,他就梦到祖师爷华光站在床头,全身闪着金色的光芒。

扎脚胜要带领福隆戏班到广州城演全本《大闹广昌隆》的消息一传开,当天晚上,戏班门口就有几百号人整整齐齐地坐在地上,他们安安静静地坐在准备好的小板凳上,手上还摇着绘有琼芳客栈的扇子。革命党得知这个消息之后,决定除了让佩儿和碧玉跟着戏班去广州,也准备让赵连如和冯雪秋一同在船上。为此,冯雪秋甚至男扮女装唱了一段《大闹广昌隆》给林老板听:

肚中饥饿,对脚发软蹄。
就地开餐,不用买柴米。

佩儿、碧玉、外江佬一起倚在门口合唱：

帮衬明珍饭店，
叫碟白斩鸡，
生鱼片连汤食落真开胃，
连饭带酒碗碟摆满一围。
食饭就精神行至聚龙坊里底，
呢间琼芳客栈，
今晚我又再到来。

林老板听得眉开眼笑，又踮起脚绕场一周。

赵连如心情舒畅地站在省港轮渡的码头上，等着冯雪秋。因为种种原因，林老板拒绝了让不是戏班的人坐上红船一起前往广州。

冯太太因为新得男孙，心情大好。说要亲自去珠海置宅子置田给亲家。连如的父亲在珠海那边听到消息高兴得一夜睡不着，托人带信给冯家，说十分感谢冯家，待自己的两个女儿如同亲生的一样。

今早连如出门的时候，正好看见高先生也拎着简单的包袱出门,她问高先生要去哪里,高先生就说要到香港去。于是两人一起坐着人力车到省港轮渡码头。走到半路,高先生下了车,说是要买些陈皮饼之类的点心给香港那边的朋友。连如说码头上也有卖的,但高先生说还是这条街的正宗。他晃晃悠悠地下了车,一会儿就在骑楼中消失了。连如回想着早上的情形,芭蕉树上还闪烁着露水,高先生就在收拾行李,送给了她几张自己的画,画的好像都是山水,过一会儿又送了她两幅字,说是瘦金体。其中有一张特别的画,说是从日本带回来的。

赵连如坐在人力车上,突然有点恍惚。她想起当年和姐姐第一次来澳门的情形。冬天的清晨,父亲用人力车拉着少不更事的姐妹俩,去投奔未知的未来。她感觉到父亲当时一边跑着一边擦着眼泪,也是这条路。她想起那时少爷惊愕地说:"来了个硬骨头?"还有冯少奶奶白净的脸。一时间她有点陷入了迷离之中。车夫以为她要等刚下车的那个男人回来,就悠闲地坐在路边抽烟。

一阵迷离中,她忽然看见地主陈四眼从街对面走过来,好像在跟她打招呼。自从她全家到了澳门后,就没有回去过家乡斗门。有时家里会煮莲藕汤,冯家的保姆四姐都会有意无意地说是斗门过来的。但她也忘记不了地主陈四眼的好，忘记不了是他让她上免费学堂，让她认识了一个新世界。陈四眼表情有些谦卑，好像想求她做一件什么事情，或者跟她说一句什么话。

澳门的街道都很窄，但陈四眼却怎么也走不过来。空气凝固成一堵看不见的墙壁，把陈四眼死死地挡在了街的对面。刹那间陈四眼的眼泪滚落下来，神情很悲伤。他的悲伤也传染给了赵连如，一种不祥的感觉迅速蔓延全身。她想下车去和陈四眼说话，但却动弹不得。车夫还坐在路边抽烟，神情悠闲。就这么一会儿，她眼睁睁地看着陈四眼消失了。车夫继续把赵连如拉到省港码头。她下车付了费，坐在石板凳上等雪秋。

今天的海面有些波浪起伏，但视线很好。她从随身的行李箱中拿出一本书来。这本书是碧玉走的时候留给她的。碧玉对书一向都爱护得很，经常问王妈妈拿一些包糖果的蜡纸包书皮。这本也不例外。这样做还有一个好处，就是一些宣传革命的书被这些花花绿绿的蜡纸包着，不会被人注意。连如左右看看，没什么可疑的人，就专注地看起来。她读的可不是一般的言情小说，而是陈子褒先生编写的"三字经"。陈子褒是康有为先生"万木草堂"的入室弟子。他在澳门办的"子褒学塾"非常有名，是当地的名校，有学生百余人。包着书皮的蜡纸在手中嗞嗞作响，连如还闻到糖果的香味。她感觉到身后好像有目光注视，因为她是坐在候船室外面的石板凳上，便看了一下候船室，好像看见高先生的身影一闪而过。

突然，一股时浓时淡的奶香萦绕在她附近，她贪婪地闻着，试图在脑中搜寻关于这气味的记忆。借由这股香气，她那刚刚因为见到陈四眼而恍惚停滞的头脑，也迅速清醒了过来。连如还穿着培基学校的校服，瞬间她觉得黑裙子像扇子一样鼓动起来，她使劲按着裙摆，脑子里清晰地浮现出那天在密室宣誓的四个女孩的面孔，四个如鲜花般娇嫩的面孔。她清晰地感觉到头脑里面记忆的开关又被打开了，陈四眼从家里走出来，穿过那条长长的走廊，走到那个镶着满洲窗的餐厅，手里还端着一只红烧乳鸽。他身后跟着好几个人，都是他的食客，其中就有高先生。还有那个名闻四海的革命家，矮个子，香山人，陈四眼端着的乳鸽就是为他做的。这个场景忽然展现在她面前的海面上，陈四眼和二位宾客在饭厅里高谈阔论，频频举杯，她突然看见自己也站在一边，神采奕奕，垂手而立。革命家亲热地招呼她坐在自己的身边，与她分享革命理论与逸事。革命家对她说道："自由是一件多么美好的事情。"突然革命家站起来振臂高呼："不自由，毋宁死！"

连如目不转睛地看着这一幕，感到热血澎湃，猛然间，她看见父亲赵慕莲从走廊那边急促地走过来，脸上写满了焦急和无奈。很明显，他还在为陈四眼的被绑而焦虑。奶香又蔓延过来，远处好像有人喊她。浮现的记忆骤然消散，海面上又恢复了平静，什么也没有。连如这才惊觉，恋恋不舍地把目光收回。

后面有人拍了拍她的肩膀，连如回头一看，是雪秋。雪秋笑了笑，在她身边坐下，问她："你在看什么呢？好聚精会神。我站在你身后有一会儿了，你都不知道。"

连如指向大海，说："看那里。"雪秋一脸茫然："有什么好看的吗？"连如看着他说："你没看见吗？"雪秋更加茫然："看见什么？"连如指着大海："那里呀，陈四眼的家呀，他那个漂亮的餐厅看见没有？孙先生在里面，高先生也在里面。我站在旁边，孙先生在跟我讲革命道理呢。"雪秋扑哧笑出了声音："快醒醒，你在做梦吧。"

今天来坐轮渡的人有很多。各式人等，还有几个样子特别的贵妇,坐在候船室一边的茶室里,喝着茶,吃着点心,穿着深色的蓬蓬裙,头戴插着羽毛的帽子,很悠闲的样子。连如不经意地往那边看了几眼,突然看到一个人很眼熟,那个女人气质高贵,也是穿着蓬蓬裙,戴着无檐帽,手着钩纱的黑手套。连如能确定,那天在麻风院看到的女人就长着这张脸。她拉了拉雪秋,并示意他看看那边。雪秋瞟了一眼,也没看出什么名堂,只是坐着几个打扮时髦的葡国太太,他也不好意思多看,怕被别人认为是登徒子之流。

雪秋并不觉得有什么可疑之人,每个人看上去都是准备好出门的,带着小藤箱,或是擦得铮亮的小牛皮箱。有几个走卒贩夫样子的,衣服也洗得干干净净,优哉游哉地坐在那里。

这时是下午三点,阳光很猛烈。连如从未去过省城,平常乡里的人也多是往澳门跑。这时候船室的一扇门打开了,走出两个穿着黑色褂子的年轻警察,逐个检查候船的人。雪秋马上拉着连如的手,他的手冰凉冰凉的。连如拍拍他,回头看到候船室的门口突然站了几个人,穿着打扮和查证的那两个人一样。但她感觉到雪秋的手却慢慢温暖起来了。不一会儿,那两个年轻警察来到他们面前,客气地问他们去哪里，又叫他们拿出票来看。两个警察都是葡萄牙人，看上去有点心不在焉，雪秋把船票递给他们，他们接过去后看了看，又瞅了瞅雪秋和连如，正想问什么，喝茶的妇人那边传来呼唤的声音，两人马上把票递回给他们，就疾步走向妇人那儿。

连如和雪秋都松了口气。这时，候船室进来了一个年轻的孕妇。挺着大肚子，样子很年轻。连如看着这个人，差点叫了出来，这不是梁幼瑛吗？她怎么一下子就成了大肚子呢？她正想跟梁幼瑛打招呼，但马上就止住了。因为梁幼瑛朝她使了一个眼色，意思是叫她不要作声。梁幼瑛镇定自若地朝着一位年轻军官走过去，那位军官穿着一身管带的海军军服，非常英俊。这位年轻的军官，连如一进来时就注意到了，其仪表惹来众人为之侧目。在澳门，经常可以看到英俊的葡萄牙少年，但如此标致的华人男子则实属少见，连如为此多看了他几眼。年轻军官看见梁幼瑛挺着肚子朝他走过来，便急忙站起让座。梁幼瑛对他笑了一笑，用葡萄牙语说了声"谢谢"，然后便坐了下来。年轻军官则走出了候船室。等他离开，梁幼瑛回头向连如做了个鬼脸，连如顿时就知道她肚子里的把戏了。

不一会儿，船鸣靠岸。候船的人慢慢站起来，排着队准备上船。梁幼瑛假装和连如、雪秋并不认识,站在队伍的后面。倒是那个军官,很绅士地征得梁幼瑛的同意后,帮她提着行李。

等乘客们各自找到了房间,渡船大喘了口气,并拉响了鸣笛。这只渡船因为是走海路的,所以很大。连如和雪秋的房间在三层,房间里面有三张架子床。连如第一次坐这种大型的海上渡轮,十分好奇,看到什么都新鲜。一放好行李,她就拉着雪秋的手到甲板看海。两人倚在栏杆上,看着越来越远的海岸线。一群一群的海鸥追逐着渡轮,海的尽头,落日熔金,在海面上投射出一道道无比灿烂的余晖。连如看着如此美景,赞叹不已。

不知不觉间,太阳已沉入海底,海面上也暗淡了下来,追逐着渡轮的海鸥也被暮色吞没了翅膀。海风轻拂,连如突然觉得困得不行,上下眼皮直打架,人也摇晃起来了。她轻声说:"雪秋哥,我困了。"

二人默默回到船舱,连如一倒在床铺上就睡了过去,毕竟这几天的事情太多了。

因为挺着"大肚子",梁幼瑛得以被照顾安排到船上的一等舱。这个舱位原来是那个年轻军官的,但她上船后,有船员来告诉她这个舱位已经让给她了。梁幼瑛简直心花怒放到了极点,进入房间后就不再出门了。等天黑下来,送水果和送茶点的侍应走后,她将门锁好,把灯熄灭,放下蚊帐,又把头探出帐外,确定外面没有人后,再回到帐子里,撩开衣服,把肚子上的包袱解下来,里面是分别用油布包好的七把手枪。她长长舒了一口气,窗户有海风吹进来,夜晚的海一定美极了。但她此时已十分疲倦,把包袱放到枕头下之后,倒头睡去。

夜晚中的船还是有点摇晃。床铺干干净净,散发着阳光的味道。雪秋一点儿也不困,他在黑暗中瞪大眼睛,起身端详着下铺已熟睡的连如。她可爱的面容如婴儿般纯洁,似乎在微笑,不知梦见了什么喜事。他久久地看着,想象着她的梦,想象着与她的未来。在这唯有连如那张脸庞绽放着生机的岑寂船舱里,他忘了船的摇晃,也忘了外面深邃的夜。

他不知她究竟有什么魔力,使他这么着迷。只要跟她在一起,他的内心就充满了阳光,与犹豫,一种权衡的两端都放着她的矛盾。他渴望立马吻一吻连如的脸,却不忍心破坏这刹那的永恒;他渴望能与连如经常相拥,但觉得这过分亲昵，会给她惹来非议；他渴望时时刻刻同她寸步不离，又害怕惹得她厌烦……雪秋不知应如何向别人诉说，但却那么希望找到一个人来倾诉他这些感受。如果现在给他拿来纸和笔，他可以滔滔不绝地写出几百首关于爱情的诗歌。他此刻多么希望自己是一个诗人啊。对于马上要进行的革命，他并没有连如那样热衷，但因为深深爱着这个少女，她说什么，他都会为之抛头颅洒热血，哪怕付出生命。有时候他甚至觉得，与连如在一起才是"真正的革命"。

对面床铺有个中年妇女，在上床时雪秋就看见她侧着身子脸朝墙，一切私人物件都被她码在靠墙的角落里，散发着一股厌恶他人的敌意，好像谁也不想看见，好像只要是人这种动物她就厌恶。虽然看不见她的脸，但从她的装束可以看得出她是个家境殷实的太太。但不知为何独自一人坐轮渡去省城，还是三等舱。一套绣有暗花的黑色香云纱衣裤，露出白玉一般的脚踝上光洁的肌肤。一头浓密的黑发，发髻上隐约插着一朵鸡蛋花。渡轮轻轻晃动，从窗户刚好射进一缕微弱的月光，照在那朵鸡蛋花上面，让雪秋不由得多看了一眼。一朵深红色的鸡蛋花。这一瞬间，他就知道这个妇人是南洋那边回来的，也许是新加坡，也许是马来西亚,又或者是印度尼西亚。因为澳门的鸡蛋花基本都是黄、白两色的,偶尔也有粉红的。但这种深红的,就要到那些再热一点的,没有冬天的地方。冯家也有很多亲戚在马来西亚。他小时候随爷爷到马来西亚看姑姑,印象中就有好多姑姑头插深红色鸡蛋花,边摇着扇子边轻抚他的小脑袋。他看着对面的妇人,就想起自己的那些姑姑,那些养尊处优、吃喝不愁的姑姑。她会不会是自己其中的一个姑姑呢?慢慢地,他的眼皮也打起架来。他侧过身子,把脸朝向墙,很快就睡着了。

连如在黑暗中慢慢睁开眼睛,很快就听到了上铺均匀的呼吸声。船还在缓慢地摇晃着,从窗户照进来的白色月光,也随着船的摇晃显现出些微的变化。连如紧紧盯着地板上变化的月色,心思也慢慢变得细腻起来。床边摆着她刚刚脱下的布鞋,这双布鞋是藕色的,上面还绣着一朵荷花,是七巧节的时候碧玉给她绣的。七巧节那天,她和碧玉一起到福隆戏班找佩儿玩。她和碧玉都知道,如果这一天她们哪一个未婚的女子找不到玩伴,就会给人轻视。但在培基小学里,所有的新派女生都在狂热地反对过七巧节。因为她们觉得要妇女解放,就不能过这种束缚着女性的什么节日。组织里好几个领头的都不屑一顾地说，只有那些腐朽的无能分子才会去过这些节，并宣布：如果发现了谁去过这个七巧节，就将其开除出革命的队伍。有好几天，她都看见碧玉沉默不语，心有戚戚的样子。没多久，碧玉就把这双鞋交给她，说是七巧节礼物，还说她们二人是姐妹，七巧节是要送礼物的。当时连如很愕然，看着脸色阴沉的碧玉，觉得她一点也没有送礼物给姐妹时应有的快乐，就忍不住说："你不是送给我的吧。这又何必呢。"

船身突然摇晃起来，打断了连如的回想。她听见外面好像起风了，月光摇晃得更厉害起来。突然，"咚"的一声，有什么东西从对面上铺掉了下来，把雪秋也惊醒了。那个东西圆圆的，用红布包着，在地板上滚了几下，停在连如的床下。因为翻滚，原来打死的结也松开了，有四分之一的红布松了开来——里面露出一只死人的眼睛，一只不肯闭目的死人眼睛在月光下死死地盯住了赵连如。连如大叫一声，昏了过去。

也不知过了多久，赵连如才慢慢醒了过来。雪秋坐在床沿上拉着她的手，焦急地凝望。看见她醒过来，他激动地含着眼泪，轻轻拿起她的手放到自己的脸上。连如偏着头,像在躲什么似的瞥着刚刚滚落人头的地方。雪秋连忙告诉她,当时那个妇人一个箭步从床上跃了下来,一把将红布包袱捞进怀里,然后夺门而出,就不见了。

这时船也没有那么摇晃了,地板上的月光又恢复原来的温柔。连如喝了一口雪秋递的茶水,很不好意思地说:"雪秋哥,你看我真是没用。这么一点事情就吓成这样,不知到了省城后我还会闹什么笑话……"

雪秋连忙说:"怎么会是一点事情呢?但我不知你看到了什么?因为等我抬起身子的时候,对面那个女人已经跳下去,等我再看的时候,她已经消失了。"

俩人心有余悸地看着对面空无一人的床铺。整整齐齐的,被子、枕头、枕巾、床单纹丝不乱,就像完全没有人睡过一样。连如感叹道:"雪秋哥,我不是在做梦吧。"

冯雪秋站起来,走到那个妇人的床铺边,拿起一朵遗落在枕巾上的深红色鸡蛋花,摇着头说:"不是梦。"

连如探过头来,疑惑地问:"鸡蛋花?"

雪秋跟她做了一个噤声的手势。二人步出门外,伏在栏杆上,默默看着大海。此时海面平静,一丝风波也没有。月色笼罩着海面,偶尔翻出几朵雪白的浪花。除了船只偶尔发出沉闷的鸣笛声,四处寂静。俩人四下看看,那个妇人早已不见踪迹。

在雪秋的陪伴下，连如也慢慢镇静了下来。她想到了梁幼瑛。

海面翻起风浪的时候，梁幼瑛也惊醒了。她第一反应就是去抱住床头那个包裹。还好，包裹还在，她便心安下来。这时船身还有些颠簸，她感觉有些发昏，肠胃似乎在翻滚，就从随身小包里拿出一瓶清凉油搽了一些在太阳穴上。这瓶绿颜色的清凉油是她家祖传的药油，其处方来历有些离奇。尽管她大伯信誓旦旦地说，这药是祖上一个忠实的马来仆人给他爷爷的。但为什么这个仆人会把这个宝贵的方子献给大伯的爷爷？大伯却总是含糊不清。大伯每次喝多，就会讲这个频遭质疑的献宝故事。最不相信这个故事的就是梁幼瑛。她从小聪明伶俐，从来就不相信那些骗人的鬼话。她曾说，若连献宝这种事情都相信，那不成猪头了？在她看来，肯定是大伯的爷爷把那可怜的仆人杀了，才夺得了别人的宝贝，这才是硬道理。别看她长得瘦瘦小小，莺声燕语，笑不露齿，其实她心明眼亮，谁也骗不了她。但也就是因为她太过心明眼亮，把一肚子的精明都放到了脸上，所以她父亲早早就给她找好了婆家。可她偏偏就讨厌嫁人,觉得一点也没趣,天下最没趣的事情就是嫁人了。

她从玻璃瓶中倒出少许的清凉油,准备搽到太阳穴和鼻子两侧,突然,房间里传出一声清脆的喷嚏声。平日里天不怕地不怕的梁幼瑛也着实被吓了一跳,她以为自己已经昏过去了,但却听见自己沉着的声音:"是人是鬼,走出来给我看看!"

没想到黑暗中传出来的声音更令她害怕,一个妇人慢条斯理地说:"幼瑛,我们好久不见了。"

梁幼瑛感到全身都冷了。她立马把那个包着七支手枪的包裹拿到手上,枪给了她安全感。她大声地问:"你是谁?"

妇人幽幽地说:"你小声点,我是你姑姑。"

梁幼瑛一下子安静下来。外面风平浪静,月光从窗户照进来,正好照在自称是她姑姑的妇人头上。在月光下,这个姑姑如云的乌发上别着一朵深红色的鸡蛋花。

梁幼瑛的确有很多姑姑。她那个在吉隆坡的爷爷有七房太太,每房太太都争着生儿子,结果就生出了一堆姑姑。

慢慢地，眼睛习惯了黑暗，她看清了斜坐在房间榻上的女人。这个女人看起来很年轻，比她也大不了多少岁，虽然穿着一身深色的香云纱，但丝毫遮掩不住她身材的曼妙。梁幼瑛皱起了眉头，心想：也不知是我爷爷哪一房生的，这么年轻。姑姑这时在对面细声细语地说："你不要在我面前搽那个油，里面的樟脑我过敏。"

梁幼瑛忍不住说："你怎么知道里面有樟脑？"

姑姑娇笑一声说："幼瑛，这是我们家的东西。你爷爷放樟脑的黄花梨柜我都知道在哪里。"

梁幼瑛哼了一声："除了樟脑，你说还有什么成分？"

女人也哼了一声说："当然少不了冬绿油和薄荷脑。"

梁幼瑛又哼一声："还有桉叶油。"

姑姑说："奇怪，你又不是在马来西亚长大的，怎么知道得那么清楚？"

幼瑛说："我去过。"

姑姑说："你去过？"

幼瑛说："我七岁的时候爸爸带我去过。"

姑姑扑哧笑了一声："哦，我记起来了。我那个可怜的哥哥被你搞得烦不胜烦。想把你放到马来西亚的橡胶园里，其实他那时就巴不得把你嫁了出去。"

说完她自个儿笑了起来。想想又笑,笑笑又想。

"记得有一天你和几个堂哥堂弟一起玩,他们早就商量好了要收拾你。结果混乱之中,一眨眼你已经骑到了堂哥的脖子上,两条小腿差点没把你堂哥卡死。"

这一瞬间,梁幼瑛就知道对面的妇人真的是自己的姑姑了。

"幼瑛,"沉默了一会儿,姑姑继续说,"这次我们姑侄去省城做的是同一件事。"她停下来,好像在等幼瑛回应,但幼瑛没有吭声。她在黑暗中一直盯着姑姑手上的那个包袱。虽然她看不到是什么,但包袱里渗出的不明液体却让她不寒而栗,甚至想呕吐。

"姑姑,你手上拿的是什么东西?包包里面的?"

姑姑轻松地问:"你一定要知道吗?"

黑暗中的梁幼瑛没有回答。

姑姑幽幽地说:"人头。"

六　琼芳客栈

远远看过去,琼芳客栈孤单地坐落在一处低矮的山岗上。

广州有许多被命名的山岗,望岗、神岗、员岗、钱岗、宝岗、坪岗、杨梅岗、南门岗、瓦窑岗、竹山岗、旺岗、河边岗、米岗、大象岗、石榴岗、七星岗、太和岗,还有坐落着纯阳观的漱珠岗等等。这些大小山岗分布在珠江那大小各异、千姿百态的河涌上,与河涌互为连理,遥遥相望。可偏偏琼芳客栈所处的这座山岗是个无名岗,远离群山,避开河涌。

这无名岗的所在地叫聚龙坊,有七八座石桥从低处伸向它。附近错落有致的房子突显了琼芳客栈孤立无援。伸向聚龙坊的石桥在南方的细雨中无限温柔地对视着,这片土地的开发者正是珠海的开明地主陈四眼,他在离聚龙坊不远的十三行做生意发了财之后，兴高采烈地坐着龙头船准备去南海沙头吃鱼生。当他唱着"月光光照地堂"经过聚龙坊时，河涌的水面无端端地腾出一条龙。这条龙由水汽和雾气聚集而成，在涌面上自由自在地嬉戏，灵活的身体左右跃动。陈四眼出神地看着这条龙好一会儿，心思才回到现实，遂找了一个小码头上岸，消失在聚龙坊黄昏的雾气中。

曙光初现，扎脚胜林老板一身泛着金光的行头，威风凛凛地站在红船的船头。初升的太阳照在他身上，照亮了他有点变形的脸。为了庆祝这个大喜的日子，他身穿排金绣蓝地大扣男武将装束——铠身绣满鱼鳞等纹样，扣肚绣有虎头、双龙戏珠图案，背上插有四面旗，腰上系一条红色威风带，脚下是那双有着天蓝色流苏的舞鞋。

红船在昨晚就已泊在佛山古旧的小码头，码头旁是沙洛铺富荣街。

香山冯家在收回地契后并没有食言，按照林老板的要求给他打造了一只戏船。按照戏行规例，戏船应该为两只，一只"天艇"，一只"地艇"。"柜台"人员，生、旦、净、末等文角，均住天艇；武生、小武、六分、大花面等武角，均住地艇。两艇大小、设备大体相同，船头装有自卫用的土炮，地艇装有艺人练武的木人桩。船上各个床位，都有特定的名称，再漆上红漆，便是标准的红船。尽管冯家只为他造了一只天艇，但林老板已经很高兴了，只是多请冯家在船尾加装了给艺人练武的木人桩。

因为冯碧玉的一时冲动白得了一只戏船，林老板乐翻了天，对碧玉和佩儿加倍地好。还时不时对旁人说，这两个女娃是来还债的，不是来讨债的。开航前，他请书生帮他的戏船写了一副对联——"江湖河海澄波浪，达道逍遥远近游。"并郑重其事地将这副联子贴在了红彤彤的船头。他想要让同行们为之一惊。

早晨的阳光渐渐把河道照得通亮，可令他惊讶的是，河道里已经停泊了许多艘红船。但他毫无畏惧，充满了正气。此时他意气风发得眼袋都鼓了起来，像雕塑一样屹立在船头，眺望着远方。

不久，碧玉和佩儿走到他身后，上上下下地打量他。

碧玉问佩儿："这是林老板吗？"

"应该是吧，生人上不了我们的船。"

碧玉伸出手，想摸一下眼前的这座雕塑，但马上又缩了回来:"他站在这里干什么?是真人吗?"

佩儿指着扎脚胜脚上的鞋子,惊叫道:"太漂亮了,这么漂亮的鞋子。"她弯下腰,用手去抚摸林老板脚下那双天蓝色流苏鞋。天蓝色的鞋子轻轻地画了一个小圈,佩儿被晃,一屁股坐在船板上。

佩儿沮丧地说:"我们走吧,真的是林老板。"

船舱里陆续走出一些演员,睡眼惺忪地来到林老板的身后。对于他们来说,这两天的航行是难得的休息。按照计划,他们要在佛山上岸,休整几天,然后换上花尾渡去广州。

他们上去七手八脚地拉林老板:"好了好了,到佛山了,可以练拳了。"

林老板甩开他们的手,问道:"昨晚你们听到了什么声音?"

好几个人都在摇头,说他们没有听到任何异样,昨晚睡得很好。

这时出来一个人说:"我好像听到有人唱龙船(木鱼歌)。"

林老板看着他:"系咩?唱边只啊?"

那人说:"好像是《客途秋恨》"。

接着他复述唱道:"凉风有信,风月无边。"

林老板叫了一声:"停!"

那人好像没听到一样,继续往下唱:

睇我思娇情绪好比度日如年,
今日天各一方难见面,
是以孤舟沉寂晚景凉天。
你睇斜阳照住嗰对双飞燕。

林老板怒目圆睁喊道:"停!!"

那人的嘴巴还未来得及闭上,却已经没了声音,只呆若木鸡地站着。

在黑漆漆的夜晚,林老板听到一条鲸鱼敲门的声音。"绝对是鲸鱼。"他对那些质疑的人斩钉截铁地说道。那些人以揶揄的口吻说,难道不是龙趸吗?或者是老鼠斑?东星斑有没有可能?濑尿虾呢?又或者是龙虾?他们越说越多,越说越激动,一时把大海里所有动物的名字说了个遍。

"住嘴!"他用粤剧里的官话喊道。

一片寂静。

寂静中，河道的深处传来一声叹息，但好像只有林老板听到。林老板兴奋地指着浑浊的河水问："听到没有？听到没有？难道你们是聋子吗？"所有人都摇头，说没有听到任何声音，只觉得眼前这个人或许已走火入魔了。伴随着焦虑，他的眼袋越来越大，耳朵也越拉越长。

昨天晚上，戏船经过一片茂密的海底椰树林，椰树长长的叶子刮着走得慢吞吞的船板，发出"哗哗"的声音。此时大多人都已经熟睡了，也偶尔有醒了过来听椰树叶划船板声音的。船尾是柴舱，炊事七人在里面睡觉。半夜，一个炊事醒了，想去屙尿。屙尿位在船舱里面，从柴舱过去先要经过大姑神位，再经过水牌和柜台办事处，明天排戏的人的名字写在水牌上，还要经过水舱和好几个上下高低的铺位，出外谋生的人特别讲究风水，前舱还设青龙位和白虎位。这个炊事晚上要解手，几乎要穿过整只红船。为了避免这样的麻烦，好多床位都摆有夜壶。这时的船已经停下来了，椰树叶只是被风吹着刮到船身，发出非常轻微的"沙沙"声。这样的声音是很好听的，像是某人在婉转低吟。炊事都听得入迷了，忘记了穿行，更忘记了内急。他坐在大姑的神位前，只有这位保佑他们的女神面前还亮着一盏油灯,照亮了被擦洗得干干净净的木地板。恍惚中,他好像听到了远处有人在唱木鱼歌,声音一会儿清晰,一会儿低沉,像是一位男子在唱《除却了阿九》:

除了杏花楼阿九妹,无人称得了销魂。
任你靓到鬼火凄凉,
都要让佢几分。
佢两颊似足桃花,
唔用搽脂粉,
所以石榴裙下布满不义之身。
讲到佢弹起古筝,
唔使问,
几句南音妙韵唱到句句惊心。
月钩下唱下,的确销魂解恨,
嗰种莺喉婉转,真正坠人魂。

炊事听到这里,想起他某日遇到的一位姑娘,神情恍惚。身后的泥塑大姑低垂的双眼突然睁开,红船轻轻地颤动了一下。炊事转过身去,但什么也没看见。

睡在左上四舱口高铺的佩儿这时也醒了,翻了一个身。

歌声继续飘荡在椰林中:

阿九妹你做什么红牌阿姑,
唔好做啰,唔好再比人哄,
古代嘅嘀秦淮八艳,都系一世苦身。
总之身入青楼无好运。
用半生的花容月貌去侍候男人,
你台上风月不知月圆,
你嘀花容容易骗,
趁嘅嘀灯红酒绿,
都要揾番个知心。
唉,
做妓女嘅种风流快活殊非福分,
如遇个多情人,你要格外留神。
唉,九妹,你替那个养母掘金,
实情太笨,
你求签问卦,要问番一支自身。

木鱼歌声渐走渐远,一阵风又吹得椰树沙沙作响。佩儿突然从上铺跳下来,嘴里喊着:"师傅,师傅!"一边喊一边往外跑。碧玉也醒了,连忙起床跟着佩儿跑,看见佩儿灵活的身体在复杂的船舱之间闪来闪去,跑向船尾。碧玉跟在她后面,跑得气喘吁吁,看到佩儿站在练武桩旁边,呆滞地看着茫茫黑夜。

"师傅。"她绝望地说,"师傅又走了。"

二人垂头丧气地走回大姑神位前面,借着灯光坐到地上。

碧玉喘着气问道:"见到你师傅了?"

佩儿愣了一会儿神才回答:"我师傅八岁就瞎了。"

看见佩儿神不守舍的样子,碧玉巴不得化身成她的师傅,让她高兴一点。

佩儿继续说:"不知师傅的木鱼鼓会不会给人偷了。不过他时时挂在脖子上的。"

碧玉叹道:"你真是身世凄凉。"

佩儿闭着眼睛低声唱:

唉,
到底你年纪渐高,容颜渐退,
到啯阵你从前的恩客都变成了陌路人。

阿九妹你性本聪明，做人要识想。
讲真黄金难买逝去的光阴。

佩儿睁开眼睛，调皮地朝碧玉眨了眨。
碧玉想起和佩儿的第一次见面。

当轮船发出沉闷的鸣笛声，慢悠悠地靠近天字码头的时候，天空也逐渐亮了起来。冯雪秋伏在轮船的栏杆上，望着越来越近的广州城。此时的江面开阔而爽朗，但城内还是一片灰蒙蒙，两岸都是些低矮的建筑。初升的太阳也是有气无力的，并无一丝活泼与灵动。一时间，广州城在冯雪秋眼里，就像一只匍匐在大地上的灰色巨龟，寿命虽长，但其活力已被岁月转化为沉闷与无趣，冯雪秋甚至都能听到它的喘息声。巨龟对这只轮船的到来好像怀有敌意和警惕，伸出头，眼睛半闭着，不时露出深山老道的犀利目光。码头越来越清晰，还传来了阵阵的鼓乐声。冯雪秋心想，难道船上有什么重要人物？

经过两个晚上的航行，冯雪秋好像突然变成一个职业革命家。他精神焕发，目光炯炯地扶着栏杆，注视着巨龟。

梁幼瑛此时也伏在栏杆上,默默地看着越来越近的广州城。一阵江风吹了过来,把幼瑛的帽子吹落在甲板。她正准备弯腰去捡,先前给她让座、改舱的军官却提前一步把帽子捡起递给了她。幼瑛不知为什么脸就红了,向这个英俊的男人道谢。他低下头,附在她耳边小声但清楚地说:"肚子里的东西要小心啊。"

说完他便轻轻地走开,留下不知所以的梁幼瑛。

就在幼瑛迷茫的时候,姑姑不知从哪里走了过来,压低着声音问她:"刚才那个人对你说了什么?"

幼瑛抬头看着这个陌生而又熟悉的姑姑,又看着越来越近的广州城,在澳门上船时的干劲正一丝丝地从身上溜走,顿时心乱如麻,她不禁用手托住绑在肚子上那沉甸甸的包袱。姑姑在她耳边说:"不要紧张,有我在呢。"

她信任地看着姑姑,再次注意到她一头乌发上深红色的鸡蛋花。在鸡蛋花的映衬下,姑姑的肤色更显雪白,一点也不像是从马来西亚回来的人。幼瑛从小就倾慕皮肤白的人,在澳门看见那些皮肤雪白的葡萄牙女人,就觉得自己又瘦又黑,像个丫鬟一样。一时间她为自己有这样一个皮肤雪白的姑姑而感到自豪。

船上的汽笛又拉响了,缓慢而悠长。

"我是第一次到广州,你呢?"姑姑看着越来越近的码头,问幼瑛。幼瑛点点头说:"我也是。"

在离她们不远的地方,连如和雪秋也在静静等待着抵达目的地。

昨天晚上,船身在不断地颠簸,本来雪秋就没有睡得太沉,清醒地盯着黑黢黢的夜。一片黑暗中,他看到对面床铺上的中年妇人俨然不在,微弱的月光下,留在床铺上的深红色鸡蛋花闪着异样的光。他看着那朵花,正在思索着那个神秘妇人去了哪儿时,下铺的连如也醒了。他们同时探出头来,一同发问:"她去了哪里?"

原来,连如和雪秋一样,也是注意到对面上铺的妇人。雪秋从上铺下来,和连如一起坐在床上。连如喃喃地说:"月黑风高,神出鬼没。"俩人的手,紧紧握在一起。在黑夜里,他们好像听到有很多的脚步声,甚至能听到衣服在空气中划过的声音。两个年轻人坐在那里心惊胆战,甚至想念对面床铺的妇人,想她快点回来。

就在这个时候,海面突然闪起电来。大片大片的闪电把海面照得亮晃晃的,一下子把他们吸引住了。闪电不仅照亮了海面,也照亮了连如和雪秋两个年轻人的内心。俩人把脸贴在窗户玻璃上，目不转睛地看着被闪电照亮的海面。大自然的神奇使他们心悦诚服。等到这一幕结束，天空好像也疲倦了。光芒随之消失，大海重归寂静。

连如第一次在黑夜中看到大海的美。虽然从小生长在海边，每逢台风和电闪雷鸣时，大人都要她们留在屋里不能外出。"外面有魔鬼，会抓小孩的。"大人总是这样说。对于他们而言，黑夜中的大海深不可测，善变而且易怒。那些回不来的人，都是消失在黑夜中。在斗门的时候，晚上一家人就着咸鱼吃饭，大人们就会讲一些海上的故事。每当讲到珠海、澳门一带，他们就会说都没有斗门好。在他们眼里，家乡肯定是最好的。

一阵深深的倦意袭来。两人像是为了看完一场精彩的演出而消耗了太多精力，相依着沉沉入睡。

当他们再次看到那个神秘的妇人时，天已经大亮。他们看到妇人和梁幼瑛并排伏在栏杆上。雪秋诧异地问连如："她们认识？"连如摇摇头，说不知道。她和梁幼瑛在学校也是点头之交，平时没怎么来往，只是在入同盟会的那天晚上正式打过招呼。听说她是新会那边的人，因为常听她讲自己和梁启超先生同宗。

在革命党人制订的"大闹广昌隆"计划中，冯雪秋是整个行动中唯一的男子，也就是戏中的男主角——潦倒商人赵恒安。赵连如则是躲进赵恒安手中黑伞的复仇女鬼。姑姑是琼芳客栈的女老板，梁幼瑛是女老板的用人。碧玉和佩儿因为在林家戏班里的《大闹广昌隆》有角色，在这里就是群众。

因为戏的开场就是男主角到了琼芳客栈，所以两班人马下了船就要去位于聚龙坊的琼芳客栈。当初交代任务的革命党人脸上蒙着一层黑纱，仅露出两只坚毅的眼睛对他们说，只要听到"琼芳客栈"四个字，就可以放心大胆地行动和接触。

在天字码头下船之后，冯雪秋平生第一次踏上广州城的土地。他感到有些摇晃，马上拉住连如的手，问她是否也觉得广州城在摇晃。在晃荡的感觉中，他们眼前的广州城显得繁忙而拥挤。大大小小、横七竖八的河涌，还有各种形状的石桥、拱桥，以及蜂拥而至，满载着芭蕉和莲藕的乌篷船。从船夫们的嚷声中，雪秋得知他们要去一个叫作"三角市"的地方交易。连如一时间被眼前的各种画面震慑住了，这种似曾相识的场景，有点像同样遍布着河涌的家乡斗门。不同的是，广州城的河涌是在各种楼房中穿行，而斗门的河涌则奔腾在遍布荷塘的旷野里。望着这熙熙攘攘的图景，雪秋一再觉得广州城在浮动着，那些城墙，那些商铺，都在他眼前轻轻地摇晃。在这伴随着生机的晃动中，雪秋一开始所感受到的沉闷与无趣逐渐消散，他似乎爱上了这座如航船般浮动的城池。

他拉着连如的手说："你看你看，我们要在这里面住一辈子呢。"在这种心情的驱使下，浮动的广州也慢慢安静下来，他们的脚重新踏上坚实的大地。

只见那个戴着深红色鸡蛋花的神秘妇人，挽着梁幼瑛的手，在一众军士的拥簇下上了一辆装潢华丽的马车，所有的士兵都殷勤地为她俩安置行李。梁幼瑛的肚子高高隆起，冯雪秋知道里面藏着七把手枪。码头上的军官和士兵，原来不是闻讯而来抓革命党的，而是为了迎接那个身世莫测的妇人。

马车走了以后，太阳越来越大。广州的太阳和空气都跟澳门不一样。澳门虽然靠海，但它的空气没有广州的潮湿和闷热，广州则好像到处都是潮乎乎的。雪秋和连如拉着手，他们的手心都出汗了。

连如问雪秋："我们现在去哪里？"

雪秋坚定答道："琼芳客栈。"

天字码头的前面，有着六七条路通向琼芳客栈。他们不知道要走哪一条路。冯雪秋手上有一张小纸条，纸条上没有写具体的路名，只是歪歪扭扭地画着一条路，路旁边有一些连排的铺子，还有几棵树。后来他们伏击清廷大官奕勋，就是在这条路上。

但冯雪秋不能靠这张再简单不过的小图纸找到要去的地方。他觉得有点迷茫，广州城此时又在他面前摇晃起来。

雪秋发现连如正皱起鼻子，似乎在闻什么。冯雪秋一向对味道没有什么感觉。他在澳门长大，闻到的都是海风、鳄鱼和海鲜的味。虽然从来没有在澳门见过鳄鱼，但他小时候有一次在吃饭的时候，看见酒家拿出一条比他还大的鱼，便以为是鳄鱼，就走过去看。结果酒家告诉他那是条巨大的石斑鱼，也叫龙趸。因此，雪秋觉得连如很厉害，她可以用鼻子区分莲藕和马蹄的味道，鸡蛋花和佛手的味道。

雪秋此刻觉得，澳门的味道就是海风的味道，是有点咸的；而广州的味道是牛杂的味道，是下了酱料的味道。他跟连如讲起这个感觉。

连如微笑看着他夸道："雪秋你又进步了！"

他挠挠头,红着脸答道:"咱俩天天在一起,我跟你学的。"

太阳越来越高了。雪秋拉着连如的手,往中间的一条道路走。道路两旁充满了烟火气息,有卖牛杂、飞机榄、绿豆糖水等小吃的店铺。他们穿过这些店铺,在一个十字路口停了下来。十字路口看上去很繁华,附近矗立着不少高楼,人群熙熙攘攘。两人停住了,心想这下该走哪一条路?雪秋拿起手上的纸条,左看右看,上下倒着看,还是看不出个究竟。这时人越来越多,好像是哪一个女中放学了。穿着白衣黑裙校服的女学生,成群结队地从他们身边走过。在这一瞬间,他和连如都觉得自己回到了澳门。

宋铭黄也是在这个时候走过他们身边的。女生们纷纷跟她打招呼:"宋先生好。"宋铭黄含笑向她们点头。

宋铭黄穿着一身素色的旗袍,脸上没有一点脂粉,也像学生一样剪着童花头。如果不是穿着不一样,远远看去的话,她也像一个女中生。但她脸上的表情很干练、严肃,已经没有了女学生的天真和烂漫。

宋铭黄看到了连如、雪秋二人,便放慢脚步。她一看就知道这两个人是从澳门过来的,一定不是本地人。男的长得干干净净,皮鞋擦得锃亮。女的也很利索,英气逼人。就是因为这英气，把她那男伴的漂亮掩盖住了。宋铭黄第一眼就非常喜欢赵连如，她还注意到连如头上戴的帽子，一顶插着羽毛的黑色礼帽。日后她无数次对赵连如提起这顶帽子，每次说起来都会笑得倒在地上。有一次练习扔炸弹的时候她也提起，笑得炸弹都脱手了，差点酿成大祸。连如不断地跟她解释，说是因为怕露出自己的短发，怕清兵有所怀疑，所以才在船上借了别人的帽子。

一阵风吹过来，把连如头上的帽子吹落，露出了连如新剪的头发。在帽子还没落地时，宋铭黄和她就已同时发出了惊叫，宋铭黄连忙弯下身子，迅速把帽子捡起来，重新戴到连如头上。这一眨眼间，仿佛这帽子一直就在连如头上，风也未曾来过。宋铭黄的表情，也从担惊受怕的恐慌，转为乐不可支的笑容。帮连如戴帽时，她看到冯雪秋正拿着纸条上下左右倒着看，她过去瞧了一眼便问："你们是在找琼芳客栈吧？"雪秋跟赵连如很惊讶，蹙着眉头，满脸疑惑地看着这个陌生的女人。她笑笑，说："广州城有好多家琼芳客栈，你们要找的在广州城的西面，是青砖大屋。"

她对连如说："你不是广州人，你是珠海嗰边的。"说完转头走进路边的一间馄饨店里，连如闻到猪筒骨、大地鱼和虾子熬出来的汤底浓香。

雪秋和连如心想:反正他俩从这张便条中什么也看不出来,索性就按照刚刚那位女先生的指引走算了——一直走,然后左转弯,再一直走,然后再向右,最后一直走。他俩边走边碎碎念着刚刚听到的指引。

他们走到了一栋非常漂亮的房子面前。这栋房子是土黄色的,很像澳门氹仔葡国军营的颜色。他们看到房子前面有清兵在把守,就远远站着观察。连如突然感到很饿。他们确实饿了,昨天在船上也没有吃什么。本来是带着点心的,陈皮饼、杏仁饼、姜饼之类,但因为昨晚船上的风波,他们一整晚都心惊胆战,早上起来也心有余悸,根本顾不上吃东西。日上三竿,两个人都觉得饿得不得了。因为前面是衙门重地,四周也没有什么摊贩,而且早餐的时间也过了。闻到一旁飘来皮蛋粥的香味,连如便说先去吃点皮蛋粥。

两个人正准备离开,却看见从衙门里出来很多人。先是出来了两行士兵,穿得整整齐齐的,拿着乐器,列作两队,开始演奏,很快就吸引了一些民众驻足观看。然后看到一个当官的,拿着勋章颁给另外一些人,整个气氛都是喜气洋洋的。突然，从围观的人群中传出爆炸的巨响，围观的人吓得四处逃散，雪秋和连如也立马随着逃散的人，跑到旁边的一条街。

两人惊魂未定之际，来到了一条骑楼街。骑楼街非常热闹，开着各种吃食店铺。他们发现这些骑楼长得跟澳门的骑楼一模一样，完全就像是复制品。在极度的饥饿驱使下，他们忘却了刚才的惊险，互相搀扶着，吃了一碗猪杂粉，又吃了叉烧包。吃饱后，他们看见身后有一个楼梯口，就坐在那里，一股深深的倦意涌了上来。

这天广州城下了一场很大的雨。在雨声中，他们听到从越秀山脚下传来背诵秋瑾女士的绝句"秋风秋雨愁煞人"的声音。遍布广州城的河涌上面，一些黄色的小花在秋瑾女士的绝句声中绽放着。在一片秋风秋雨的肃杀声中，他们居然头靠着头就睡着了。

戴深红色鸡蛋花的少妇，也就是梁幼瑛的姑姑，马来西亚一位拿督的太太，此时和幼瑛坐在一辆华贵的马车上。姑侄俩脸上拍着香粉，幼瑛还用姑姑的唇膏涂了口红，花枝招展地穿过了半个广州城。她们的座驾前面，稳稳地走着两匹高头大马。两广总督是拿督的好朋友，梁幼瑛的父亲对他有知遇之恩。总督当年考科举时，曾得到过梁父的资助。借由这样的特殊身份，姑侄俩受到了总督的礼遇。而且总督已经吩咐了，因为她们信了西教，所以让她们先去刚刚落成的石室圣心大教堂看一下，拜拜耶稣。

梁幼瑛和她的姑姑原本要去的是琼芳客栈。

按照与革命党的约定，她们要在那里把梁幼瑛肚子里的东西交给广州的同盟会员。但一下码头，一个皮肤黝黑，自称是番禺人的当差恭敬地上前对她们说，要先去看一座壮观的教堂。梁幼瑛有些紧张，她眼睛溜溜地四处观察。姑姑拉了一下她的手，示意她沉住气。马车沿着珠江边慢悠悠地走着，幼瑛先是把帽檐别了起来，再把大大的遮阳伞也打起来。一路上走过去，许多行人都投来羡煞的眼光。姑姑和幼瑛看着广州城的行人，觉得他们确实要比澳门的人显得土气一点。他们不讲究服装，脚上趿着廉价的草拖鞋，体瘦肤黑。他们的眼神呆滞而暗淡，显得有些麻木不仁，不像是生活在这座有着上千年通商历史的古城里。

从天字码头走到石室教堂，有很长一段路。和澳门不一样的是，广州江边有许多垂着长长气根的大榕树。小小的叶子，但树冠长得大且浓密。有一些人坐在下面的石板凳上，看上去非常凉快。马路的另一边是一排骑楼。梁幼瑛对姑姑说："这些骑楼跟我们澳门的长得一样。"姑姑笑着答道："在我们槟城，也有这样的骑楼。"

前面的两匹马，一直慢慢地走着。马蹄踏着石板路，发出清脆的嗒嗒声。两匹马都长得很神俊，身上的毛发在阳光的照射下泛着金光，即便是迈着小碎步，也难掩它们的威风凛凛。梁幼瑛几次都忍不住想上去摸一下前面那匹马，身边的姑姑就轻声笑起，说没有见过这么漂亮的马吧？这是阿拉伯马，是有钱人家养的。姑姑问："你是第一次来省城吗？"幼瑛点点头。姑姑沉默了一会儿，然后望向一旁的骑楼说："这个地方很快就要翻天覆地了。"

幼瑛曾在澳门见过许多教堂。但当她第一眼见到石室教堂的时候，仍觉得眼前的它有一种说不出的美。

当幼瑛沉浸于欣赏这教堂的时候，突然下起雨来。她和姑姑正在犹豫下不下马车，从教堂的台阶跑下一个白净的小姑娘。小姑娘穿着雪白的衬衣，黑色的裙子，一双皮鞋擦得锃亮，齐肩的头发黑得发亮。她手里撑着一把小花伞，另外一只手里还拿着一把黑色的大伞，一脸笑容地朝她们跑过来。幼瑛注意到，她跑起小跑来，穿着皮鞋的脚步很奇怪。两只脚像是不沾地的，只是在地上轻轻地滑过。让人觉得她好像练过轻功一样。

她跑到她们的马车前面，伶牙俐齿地说："拿督夫人，你们先不要下来，雨有点密。"

她一边说，一边打开伞，眼神还飞快地瞄了一下梁幼瑛的肚子。但是就那么一瞬间的眼神，她就从一个少女变成了一个成熟的女人。她的眼神告诉梁幼瑛，她是什么都知道的。梁幼瑛心里一下子就亮了起来。那柄伞是黑色的，很大，梁幼瑛从来没见过这么大的一把伞，伞柄是带钩的，像澳门主教山教堂门口放着给教友预备的那把。她看了姑姑一眼，姑姑也看了她一眼，她们两个都在想一件事情，到底下去不下去？两个人同时都看到了危险。但是士兵已经从女孩子的手上把伞接过，殷勤地要把她们扶下来。她们两个只好从马车上走下来。这个时候雨差不多要停了，一团一团的雾从教堂涌出来，挡在了她们的面前。有那么一会儿，教堂完全消失了，前面的女孩子也消失了，连那两匹马也消失了，只有那把黑伞孤零零地浮在了白色的浓雾上面。

"拿督夫人，你们先不要下来，雨好密啊。"

女孩子娇滴滴的声音再次浮现，她不知从哪里钻了出来，笑眯眯地站在了她们的面前。

梁幼瑛看着这个女孩子。

和澳门的人比起来，这个女孩子长得很漂亮。皮肤非常白，眼睛也很大。梁幼瑛就想，省城的女孩子，果然是比我们那边的长得好看，好像一点风雨都没见过的样子。正在说话间，雨就停了。

女孩子娇滴滴的声音又响起来。

"这座圣心大教堂，墙壁和柱子都是花岗石建的，所以叫石室圣心大教堂，堪比法国的巴黎圣母院。"

一群鸽子突然从教堂白色的顶层飞起来，带着咕咕的叫声。大家不知怎么都被吓了一跳。梁幼瑛紧紧靠着姑姑，她感觉到姑姑的手冰冷冰冷的。

突然浓雾又从教堂里涌出来。好像是有人在教堂里安了一部雨雾喷发机，一按机关，一团团的浓雾就从四面八方涌出来。

女孩子娇滴滴的声音又响起："教堂的原址是两广总督署，后被炸毁。由法国人设计的这座教堂，施工由广东省揭西县的蔡校监督。"一行人面无表情地听着。

梁幼瑛和姑姑就在浓雾的裹挟下，走进了教堂。她们

六　琼芳客栈

走到哪里，浓雾也跟着走到哪。

刚好是周日，教堂里面正在做弥撒。她们一走进去就找位置坐下来，目光四处搜寻神父，却没有看见。她们今天本来要在琼芳客栈与佩儿碰头，将七支手枪交给她。然后，她们就要去沙面，两广总督在那里摆的一个宴会正准备迎接她们。

在祈祷的时候，梁幼瑛觉得有人在身边触碰了她一下，然后她身上藏着的七支枪就给拿走了。她非常惊慌，很想叫喊。但是姑姑的手一直抓着她，抓得很紧，好像意思是不要叫喊。姑姑的强大气场从手心传给她，好像跟她说："你放心，这一切都是策划好的，连这场浓雾也是。"

幼瑛脸色煞白地看着姑姑。

枪要被拿走的瞬间，她像给人麻醉了一样，那个迎接她们的女孩子，笑嘻嘻地坐到她的旁边，轻声说了一句"琼芳客栈"，然后有一只手就摸到她的肚子上，瞬间就把那七支枪拿走了。

一切发生得那么意外却井然。

梁幼瑛意识到拿走枪的并不是女孩子的手，是另外一只从后面伸过来的手。那只手伸过来的时候，掀起一股气流。

但那句"琼芳客栈"却使她很安心,这是革命党的接头暗号。一个穿着红衣服的神父走了出来,径直走到她们面前,问她们要不要去参观一下上面的钟楼。他说那个钟楼非常漂亮,在钟楼上面可以眺望到珠江。

梁幼瑛和姑姑挨坐在靠前面几排的位置上,赵连如和冯雪秋在稍靠后的几排,身边坐着数位闭着眼睛祈祷的人。雪秋清晰地看到梁幼瑛和她身旁那位妇人头上的深色鸡蛋花。过了一会儿,只见那个穿着红衣服的神父,正在她们面前说些什么,一团浓雾又从门外飘了进来。雪秋不由得又想起在船上的那个晚上。

那天晚上,闪电在黑黢黢的海面制造的盛宴刚刚结束。一只手推着冯雪秋,等他坐起来,人影已经到了房间的另一头,对方弯着腰对赵连如说:"快点,孩子快点,不要发出声音。"冯雪秋摇摇晃晃站起来,然后弯腰抓住赵连如的双手。舱外不断传来呼喊声。对面的船舱上有一块块的光亮,下面的船舱肯定是点起了火把。把睡意蒙眬的他喊醒的人——此刻她的脸还是在黑暗中,但雪秋已经认出了她的身影,就是那个穿着香云纱的女人。雪秋压着声音问她:"你到底是什么人?"

"琼芳客栈。"她的咬字很清楚。

海面又亮了一下,连如、雪秋都感到很温暖,内心好像给闪电照亮了。那个妇人接着说:"好像是旁边有一艘去广州演戏的红船,有人告密说上面有革命党。官兵在围捕那只红船,说是船上有几个革命党人上了我们这艘船。"雪秋和连如听得面色沉重。

冯雪秋朝着窗户走,但那个女人抓住了他的胳膊:"我带你们去个安全的地方,现在离开这房间,不能让人看见。士兵们在下面的船舱巡逻,但他们也许不会注意到。我们只要到了下面的货舱,最困难的一关就算过去了。切记,不要发出声响。否则……我先下去,等我打着手势,你们再跟上。"她又对赵连如叮嘱:"行李只能留在这里,保住性命就不错了。"

船上到处都是吹哨子的声音,雪秋小心翼翼地朝门外看去,看见有火把在船上较远的那一边移动。他还没来得及明白是怎么回事,那位神秘的妇人就朝他打了个手势。

赵连如突然说:"既然他们是在搜捕红船上的人,我们为什么要离开呢?"二人虽然听着指令,但下楼的时候还是忍不住朝船舱那边张望。离船舱较远的那一侧有一根条形的灯塔,照亮着他们之间的船舱。士兵聚集在灯塔旁边，明亮的火把晃动着，队伍有一些混乱。在雪秋下了一半台阶的时候，有两名士兵突然离开队伍，朝头等舱这边跑来。他觉得这下子肯定要被发现了，不过那两名士兵从一个门进去之后便消失了。冯雪秋领着连如躲在回廊的阴影之中，提心吊胆地等候着。

赵连如颤抖地念叨："他们是在抓碧玉和佩儿吗？"

他们紧跟在妇人身后，沿着狭窄的通道蹑足前行。通道两边的房间漆黑一片。然后他们来到一个房间，一部分房顶已经塌了，也不知道是船的哪一个部位。月光透了进来，照着一堆堆的木头箱子和破旧家具，雪秋闻到一股死水潭的气味。

"振作一点，大家振作一点。"那个女人说。

一团浓雾又漫了过来，把前面的梁幼瑛遮挡住了。冯雪秋觉得有些恍惚，突然想起了澳门经常也有这样的雾。浓雾团团围绕着老宅的鸡蛋花树，就那么一⼀，他的身边居然已经坐着梁幼瑛。

"佩儿来不了，计划改变了。"冯雪秋眼睛看着前面，好像隔着空气说话。幼瑛点点在前面站起来对着她招手。她站起来回应了⼀小声地对雪秋

六 琼芳客栈

说，我们不能上钟楼。

正在这时，门口发出很巨大的爆炸声，紧接着是人群的呼叫声和马的嘶鸣。

教堂里一下子就乱了，所有人都站了起来，不知所措。

神父走过来对他们说："赶快走，我带你们到一处地方，暗门下去有条隧道，是建教堂的时候挖的，顺着隧道可以从地下走到江边，你们从江边出去，就可以找到琼芳客栈。"

听到"琼芳客栈"这几个字，几个人脸上露出宽慰的笑容，跟着神父穿过教堂，来到一扇沉重的铁门前面。神父对冯雪秋说："先生，请你帮我一下。"

七 番禺仔

站在两广总督署门口的官兵,是个身材瘦削、脸色憔悴的番禺人。他能够流利地说番禺话,也懂一点官话,而且在总督署是资历最久的一个。总督见他办事利索得体,便对他关注有加,常吩咐他为自己办许多贴己事。但碍于衙门内胥吏众多,名姓繁复,与其记住大大小小下属的名字,倒不如按他们的籍贯或长相来辨识省事。因此,总督大人习惯叫他"番禺仔",他便以"番禺仔"的诨号,活动在以总督为核心的各个圈子里。

今天一早,番禺仔就被总督吩咐去河南[1]的十香园取一批画。

十香园的主人居廉、居巢两兄弟是总督的好友,来

---

[1] 惯以……州市海珠区。因珠江横穿广州城,故旧时广州人习……其以南称为"河南",以北称为"河北"。

往密切。但凡是有空或天气好的时候,总督就会坐着轿子去十香园看望居家兄弟。在番禺仔的印象中,每当天气晴朗,总督就抬起头望望天空,无限向往地说:"不知十香园的茉莉开花了没有?"这时,番禺仔就明白总督想去十香园了。

十香园以种有十种香花而著名:茉莉、夜来香、鹰爪、含笑、夜合、素馨、瑞香、珠兰、白兰、鱼子兰,占地一亩,四周以青砖砌墙围成小院。院内有今夕庵、啸月琴馆、紫梨花馆等建筑。墙外有马涌河流过,是很雅致的一个地方。居巢师傅手下的八个丫鬟,就是分别以园内的香花起的名。番禺仔和一个叫茉莉的丫鬟很熟,只是她一点也不像茉莉,典型的番禺人长相,皮肤很黑,眼睛很大,鼻子很塌,嘴唇很厚,声音很亮,一副乡下人的样子。但因为性格活泼,很受居家兄弟的喜欢。当他一刻不敢耽误地赶到十香园的时候,茉莉已经背着古琴站在门口等他了。

这把名为"绿绮台"的古琴大有来头,是所制的名琴,曾为明武宗朱厚照所有,明末大乱,流落民间。后辗转到抗清英雄邝露手中,邝露珍爱台,"出入必与俱"。明亡,清兵入广东,邝露死,琴遂为清兵所得，售于市上，为归善[1]人叶龙文以百金购得。后叶家破落，琴又被东莞人张敬修买下。张敬修在自己的庄园"可园"中特辟"绿绮楼"，以收藏这把古琴。

秋天的早晨，凉风习习。番禺仔精神抖擞，向茉莉伸出手。

茉莉脸色一沉，低声说："这把琴宝贝得很。我家主人前几天刚从东莞张先生那儿借来欣赏，不知怎么被你家主人知道了。"

番禺仔笑了笑："即使琴不在你这里，我家主人一样可以从东莞可园那里借到。"他说出这番话时，口气像在说自己一般。

茉莉仰头哼了一声。番禺仔再次伸手，天渐渐亮了。

茉莉把琴交给他。古琴好像呻吟了一声。

俩人同时说："什么声音？"四周很安静。

番禺仔说："没有声音。"他把琴背到身上，感到有点。

茉莉说："米住[2]。"

身把身后的门推开，一匹像番禺仔一样瘦削憔悴

---

1 市惠阳区。
2 为等一下。

的老马从门里姗姗走出。

茉莉说:"你骑着白马快去快回。"

"快回?"他很愕然,想不通自己为什么还要回这儿。

茉莉没有回答他,便合上了门。

他再看看眼前的这匹老马,更加愕然。

"白马?"

番禺仔骑着慢吞吞的老马,经过了珠江边的海幢寺,听到了寺里传来的晨钟声。

他把古琴交给总督,总督已经在书房燃好了香。

总督说:"你还要跑一趟。"

当然,总督已经让厨子备好了新鲜滚热的猪杂粥和牛肉肠粉。新鲜的猪杂刚刚从番禺送来。番禺仔风尘仆仆地坐下,端着烫手的碗,一心一意地喝着粥。

他放下粥碗,吃牛肉肠粉。吃了一口,嘟噜了一句:"我中意食猪润肠[1]。"厨子有些不解地看着他。

他的任务,是到天字码头迎接总督的客人。这艘船是从澳门开过来的,船上的客人是马来西亚的一位拿督太太和她的侄女。

1　即猪肝肠粉。

番禺仔原来的想法是很好的。

接到客人后,就领她们游览新建的石室圣心大教堂。他知道总督的客人信了耶稣,而广州最好的教堂就是石室圣心大教堂,连他这种不信教的人也觉得这座教堂庄重而美丽。和光孝寺、六榕寺比起来,这座教堂有着另外的一种漂亮,所以他一直原谅信教的人。

事情一开始进行得很顺利。

总督特地找了乐队,在码头上演奏迎接,非常洋气,还带上了两匹大白马。他看见拿督夫人和侄女一路上都兴致勃勃,坐在马车上谈笑风生。马车沿着江边一路走,江面上有很多乌篷船,当地人也管这叫"花船",上面有很多戴着斗笠的小贩在卖水果和各种鱼鲜。乌篷船就靠在江边的码头上,江岸上的顾客给他们钱,卖货的就用钩子把商品挂着递给他们看,好不热闹。

番禺仔端详着拿督夫人的侄女,她挺着大肚子,应该是个孕妇。他觉得她很了不起,居然在这样的时候跟着姑姑来到这里。他当时还殷勤地给了她一把扇子,但是一开始她婉拒了。她说在马来西亚,天气更热,她已经习惯了,省城很舒服,气候比马来西亚好多了。但番禺仔还是坚持要把扇子递给她,他说这把扇子产自省城附近的新会，是用葵树的枝叶做的。他把扇子递给拿督夫人的侄女，她接过去后拿在手上左看右看，还闻了闻，然后露出欢喜的神色，说："好香啊，我喜欢这种香气，在马来西亚就闻不到这种香气。"然后她还递给拿督夫人，说姑姑你也闻一下。

这天并不是很闷热，算得上广州最舒服的天气，紫荆树开满了紫色和白色的花。在番禺仔眼里，拿督夫人是非常尊贵和美丽的，她的侄女，虽然皮肤有点黝黑，但也是一派有钱人的举止。

两匹大白马是番禺仔费了好大的劲儿，才从广州伍家借出来的。伍老爷跟他的主人两广总督要好，老是催促总督要在广州开一个跑马场，像香港一样。但是总督从未答应，还直说伍老爷疯了。

白马这个时候的状态也很好。身上的毛像丝绸一样滑。番禺仔趁着养马人不注意的时候，伸出手去摸了一下马背，白马抬起头，很感激地看着他，眼里充满了欢喜。大概很长时间没有人和它们玩了，此刻它们觉得自己终于能活动活动筋骨。

伍老爷是从来不让其他人坐在这两匹白马身上的，这是他的宠物，是他的观赏马。拉拉漂亮的马车没有问题，但千万不能让任何人坐在马背上。

平时广州城有很多马走在街上,街道上不时传来嗒嗒的蹄响,但这些大多是当地的土马,鬃毛又粗又硬,而且浑身发出臭味。此等劣马仅作劳力使用,自然疏于洗刷,伙食也不佳,路人与马相看两厌,彼此嫌弃。

这两匹马就不一样了,它们神态愉悦,站姿飒爽,因为精心打理,散发出阵阵青草的芳香。所以,一路上走过去,许多行人都投过来羡煞的眼光,拿督夫人和她的侄女坐在上面也心情愉悦,感到好不威风。

番禺仔把拿督夫人和她侄女送到大教堂最重要的目的就是让她们改变对省城的印象。而现在这件事情确实大大地改观了,他要护送的两姑侄——两广总督的重要客人已经不知所终。

他站在大教堂的门口不知所措,想说点什么,又感觉如鲠在喉。

自从清晨背起了那把古琴,他的命运就如名琴"绿绮台"一样坎坷。

两匹白马身上还流着血。他想着要是伍老爷看到这场面,肯定会扒了他的皮的。革命党人投下的炸弹,把这两匹马也炸伤了。两匹马露出很惊愕的神情,不知道自己为什么会受伤。那辆带着斗篷的白色马车,也散了架垮在地上。他这时憎恨那些革命党到了极点,觉得他们就是一些无所事事、游手好闲的烂仔,把今天的一个伟大的计划给彻底破坏了。

番禺仔再三想起当时的情形。

本来一切都是好好的。天空突然下起了毛毛雨,然后从教堂跑出一个穿着白衣黑裙的干净女孩,她递了一把伞给拿督夫人,请她们下车走到教堂前。然后拿督夫人和她的侄女就下了车,慢慢走到教堂。她们走得很慢,像在做某种仪式。他当时嫌她们走得慢,但是现在想起来,她们之所以走得慢,可能就是因为感觉到了某种危险的气息。

方才他听到教堂里的神父说,拿督夫人和她侄女好像钻进地道里了。她们一定是给革命党搞害怕了,那些该死的革命党。在他的家乡番禺,好像也有越来越多的人加入了革命党。当然,不会有人说自己是革命党。但是他明显地感觉到一些人的脸色变了,外貌也都和以前不一样了,甚至说话的腔调也不同往日了。他们有时候讲着一些别人听不懂的暗语,什么"番山禺山,番山禺山",旁人不知所以，但只要一说出来，就知道了对方是革命党。但他所知道的番山和禺山只是广州城的两座低矮的山岗，没有任何特别之处。

穿红衣服的神父从教堂里走出来，叫他进去。

番禺仔以前从来没进过这座教堂。他站在教堂外面看，觉得那些红红绿绿的花玻璃窗很漂亮。神父叫他去到地道里面看看拿督夫人和侄女到底出来了没有，她们因为躲避革命党躲进了地道里，但谁也不知道现在的情况。她们到底是从地道走到了另外一边呢？还是准备从地道走回教堂？神父是个外国人，皮肤也是白的。但是他能够讲一口流利的广州话。他跟番禺仔说，他现在最好能去地道看看，不要在这里傻站着。

就在这个时候，这个脸色憔悴的番禺仔一下子就转变成"革命党"。他对眼前这个"洋鬼子"非常反感，这个"洋鬼子"，居然能说一口流利的广州话，甚至比他说得还好，这使他恼羞成怒。他一直说不准广州话，因此他一直没有得到升迁。

他看着这个洋人，怒上心头。想到自己因为家里穷，没有上学的机会，只能干点低三下四的跑腿儿活，在总督署当个低等侍卫。而且在江湖上混了这么多年，到头来连父母给的名姓都给弄埋没了——别人只叫他"番禺仔"。就在刚刚，那个洋人居然还对他指手画脚，他的忍耐到了极点。

这一瞬间，他觉得自己应该做些什么。

大半个上午，三人都在艰难地爬着观音山。

他们被一座古城墙挡住了去路。

城墙上爬满了大榕树的气根，浓重的雾气弥漫着，使他们分辨不清周遭的情况。连如觉得应该有第二条路走，他们的目的地是观音山上的"学海堂"，那里聚集着梁启超的许多弟子。

"有的，有的，你们跟我来。"番禺仔用他那蹩脚的国语说道。番禺仔如今已成了他们队伍的一分子。

他们找到了另外一条小路，两旁有高大的红棉树。路上有些行人，也有很多野猫。行人个个神态怡然，没有感觉到一场惊心动魄的起义马上就要到来。

他们走到了一个地方，三人面露喜色。暗红色的五层楼，古色古香。但他们走近才发现，这并不是他们要找的学海堂，而是观音山上的镇海楼。

七　番禺仔

他们在镇海楼前面休整了一下,想进去要点水喝。但这时,他们看见远远来了一队官兵。恰巧镇海楼两边有两棵非常大的木棉树,枝叶茂盛。番禺仔情急之下便说:"我们爬到树上去吧。"

两个人目瞪口呆地抬头看着他爬到巨大的木棉树上,番禺仔找了一个树杈就躺了下去,他似乎经常做这种事。

番禺仔爬到了树上,觉得非常舒服。他透过树叶空隙看镇海楼和远处隐隐约约的观音阁。阳光照在番禺仔的身上,让他昏昏欲睡。

这两棵巨大的木棉树,会在春天绽放深红色的硕大花朵,常有画师前来对之临摹描绘。番禺仔上树时,不少花瓣被摇落到地下。在另一棵树下,坐着两个画画的人,正专注地画着眼前的木棉树。

番禺仔爬上树的响动,理应惊动他们,但他们只是漠然地看了一眼,又继续挥动画笔。番禺仔在树上也看到了这两个虔诚作画的人,他认出年轻一点的就是今天在大教堂门口扔炸弹的其中一个革命党,他怒火中烧。番禺仔拨开眼前的树叶再仔细看,确实就是那个人。也就是说,树下这个近在咫尺的人,炸伤了他上午还引以为豪的大白马。他很想从树上跳下去理论,但他还是忍住了。

从他们偶尔的交谈可知，这两人是师徒关系，师傅是十香园的居廉。他们画的木棉树日后成了岭南画派的经典作品。

来抓革命党的官兵，离镇海楼越走越近。番禺仔有点沉不住气了。大树下面的两个人还在傻愣愣地作着画，不知即将到来的险情。但他又想到今上午在教堂的遭遇，差点笑出声音来。他微笑着跟他们打着手势。叫他们或者上这棵树，或者找地方躲起来。来抓他们的人马上就要到了。

赵连如也看到了对面树下画画的两人。她认出那个年轻的就是冯老爷养着的那个书生，他是和她们坐一条船来广州的。在码头候船时还见过，但是上了船之后，他就不见了踪影。幼瑛的姑姑认识他，说他也是革命党，在日本的时候，他们一起练习过手枪射击和刺杀术。

山下来的官兵，走到镇海楼前就停了下来。他们询问画画的师徒，师徒跟他们谈笑风生，似乎越来越亲热。接着他们离开了这对师徒往山下走，一共有六名士兵，胸上都印着"兵"字。他们走路的时候姿态很奇怪，在赵连如身边走过的时候，六个人都脸色阴沉，而且每个人都隔着一段距离,像前面有什么危险一样。

番禺仔坐在树上,深色粗大的木棉树枝干非常光滑,他又换了一个姿势。他第一次从这样的高度看这座城,他听到从山的另一边传来了琅琅的读书声,但是细听起来,又好像不是在读书,而是在唱一首童谣,"观音山上有个学堂,有个老师骨瘦如柴"。他听着听着突然就笑了起来,尽管他并不知道唱的是什么意思。

镇海楼是广州最高的地方。他身下的这座山岗,叫蟠龙岗,也可以说是广州城的制高点。对面的山上还有一座观音阁,但十多年后,这座观音庙会变成一个纪念碑,就是他们革命党人的领袖——孙中山的纪念碑。

这就是历史。番禺仔现在还不知道什么是"历史"。他此时此刻躺在这棵树上,已经是拧在历史巨轮上的一颗螺丝了。他就是这个滚滚向前的历史潮流的一朵浪花,历史列车前进轨道上的一颗铆钉。

在他的视野中,广州城是非常平坦的。

从观音山往下一直可以看到珠江,甚至可以看到在珠江上的航船和圣心大教堂白色的尖塔。顿时,他感觉身下的红棉树像摇篮一样晃动起来,紧接着他眼中的广州城也随之摇动。观音山在浮动,圣心大教堂也在浮动,广州城就像一艘在海面上浮动的大船。除了圣心大教堂,他还在寻找着其他熟悉的建筑。他还认识什么呢?总督署。于是他开始找总督署。其实总督署离观音山很近,以前他在署里的时候,觉得总督署很大,但是现在他却觉得总督署是那么小,几乎快被淹没了。

他还想找番山、禺山、天字码头,还有他的住处,要找的东西很多……他突然很想了解这座城市。番山他没有看到,禺山在浮动着。禺山附近有很多学堂,还有一座孔庙,平日城里很多人带孩子去那里参拜。观音山下还有一座道观,叫三元宫。省城到底有几座庙宇、道观?他数来数去也没有数清楚,只觉得想必这些庙宇,此时也在广州这艘巨大的船上沉浮着。他的视野越过珠江。甚至看到了许多商人在珠江南面盖的别院,据说那条河里有很多珍珠,因为大户人家经常在那里洗涮,工人都把珍珠洗到河里面去了。

番禺仔在树上听到了海幢寺的钟声,听到了光孝寺的钟声,听到了六榕寺的钟声。在这个历史阶段,广州城最有诗意的就是庙宇里传出来的钟声了。

官兵越走越远,天色也慢慢暗了下来。

七 番禺仔

番禺仔从树上溜下来，走到画画的两个人身边。画画的两个人之中，做师傅的好像架子比较大。看到有外人，他就有点不高兴，收起画架起身，一言不发地走了，神情有点不愉快。赵连如和冯雪秋走过来打招呼，说："先生，你在这里呀。"

先生把手上的画递给连如，问她："你看画得怎么样？"雪秋和连如连忙拿来看，只是一幅草稿，有四个字——淡鸦残照。

镇海楼高高在上，旁边画有两棵红棉，镇海楼下是一座悬崖。画作有些夸张，但是俩人看着都非常喜欢。这就是他们喜欢的镇海楼，具有革命意义的镇海楼，和他们目前的心境非常相符。

番禺仔显然也意识到了这点。他听到钟声的时候，心里非常愉悦，像有歌声在心中荡漾，他甚至觉得，他和这个世界任何事情都是没有关联的，只是坐在这棵树上欣赏连绵不断的钟声。

他们对先生是佩服的。一个逍遥的画师，却把自己投身到革命当中。如果不是参加革命，冯雪秋和她自己，就会在澳门的宅子里，好好跟随先生作画。

两广总督张鸣岐此刻正在一名英国买办位于沙面的楼房内，他靠在窗口，面对着江边的一派黄昏暮色。房子只有靠屋顶透光，一个平面的屋顶盖满五彩玻璃，颜色以淡黄为主，深蓝、深红相间。在屋顶的微光照射下，墙壁显出暗淡的色泽。屋内没有很大的窗户，阴沉沉的，像是饱经世故的人，处事不显山不露水。天花板上吊着一把大大的电风扇，张鸣岐想着要不要在自己的屋子里，也装一把这样的风扇。那样天气热的时候就不用像当地人一样，拿着把破烂的扇子在那里摇来摇去，一点风度也没有。他一直看不惯广东人跋着木屐，手里摇着一把蒲扇的懒散模样。有几次他看见那些革命党在行刑前，都还穿着这些木屐，就觉得他们就是没有文化，没有风度，没有受过教育。不像他的家乡山东，个个都穿得鲜亮，要是光脚穿鞋，就会被街坊邻里认为是个穷光蛋，是没有受过教育的粗鄙之人。

对于张鸣岐来说，露不露脚指头是区分革命党和保皇党的重要特征之一。他曾经当着下人的面把一双木屐扔出窗外，以示对这些所谓乡俗的不屑一顾。"什么东西？连好好的一双鞋子都穿不成了？还搞革命，还要推翻我大清？"他当时很大声，愤怒地对着下面的人说。他还补充道:"任何人在我面前都不能穿木屐,不管天气再怎么热!"

在这种气氛下,一时间内广州城内的木屐都给收起来了。所有人都先穿上棉布袜子,然后再穿上布鞋。但是因为天气实在太热,好多人的卫生习惯也不好,他有几次在开会议事的时候,闻到了隐隐的臭脚味。这使他更为恼火,甚至都不想做这个两广总督了,他想回北京,或者回山东。

他所知道的孙文,那个革命党的首领,一个又矮又瘦的广东人。没有官品,也不是世家豪族,孙文何来那么大的能量,在海外筹集到那么多的资金不断造反,这让他怎么都想不明白。但他依旧没有把孙文放在眼里,觉得他们不过是一撮流民而已,不是谁都能成为陈胜吴广的。想要推翻大清,实在是太荒谬了。在他的心里,孙文被列入了整天穿着木屐的那类粗鄙人之列。每当看到珠江边拉着人力车的轿夫时,他就想,这些人就是孙文要依靠的力量吗?但是孙文在檀香山、在南洋、在澳门、在香港,都在迅速发展,这些都使他感到非常头痛。

他们为什么就这么听这个又矮又小的广东人的号召呢?他们这些人都是在日本留的学,在日本已经组成了团体。他也跟日本的领事讲过这个问题,这次南武中学的另外一个分校选址,要放在日本,以观察或者监督革命党人的行动。

与对广州人穿木屐的厌恶不同,总督十分满意拿督夫人的装束,她一身香云纱旗袍,一头秀发梳成一个发髻,紧紧地盘在脑后,脚上一双西式的皮鞋,头上还常常别着一朵应节的花,或是鸡蛋花,或是茉莉花,端庄中透着属于她那个年纪的不羁。

虽然张鸣岐受的是典型的旧式教育,但他对男女平等这个议题却是持开放态度。他觉得很多男人要么是腐儒,要么是愣头小子,无用的一抓一大把。倒是有很多女子让他刮目相看,比如眼前这位拿督夫人。这次她从马来西亚回来,是想跟他商量要找个地方为南武学校建一所分校。因为南武学校现在已经有二百多个学生,所以要把男学生和女学生分开,张鸣岐对这个提议倒是非常赞成的。前任两广总督阮元对学海堂的选址是费了很大心思的。他先是准备把学海堂放在河南这边的南园,那里有一个很大的公园,是个现成的建校宝地。但是后来又觉得有点偏僻,便又选到海幢寺旁,因为海幢寺的香火特别旺,又惯有"寺院香火旺学校"一说。但不久,阮元又觉得海幢寺太靠近城区,过于喧闹。

选来选去,最后选到了观音山。

所以这次新南武中学要选址建分校,就轮到张鸣岐费神了。广州人穿木屐确实不雅,着实讨嫌,但既作为朝廷的封疆大吏,也该对地方文化做点自己的贡献,正好以宣风化,让广州人改改穿木屐的习惯。他心里如此想到。

张鸣岐看着江上时明时淡的夕阳。

有时候夕阳会延绵开来,有时候又会成为几条光线。他欣赏这变幻无穷的夕阳,也一直想着他的前任、他的老前辈、那个人人羡慕的老神仙——阮元在第二次鸦片战争前突然告老还乡,这是一个谜。

八 城堡

张鸣岐继续欣赏着夕阳下变幻的江面。因为经常在这里观察江面,他察觉到一天中最美丽的江景就在半个时辰内。黄昏六点前,江面还是十分平静,天空灰白,江水混沌,有几只呆头呆脑的花尾渡停泊在江面,一切平淡无奇。六点一过,就像有一只神秘的大手把黄昏翻搅,唤醒了沉睡的天空。刹那间天色变幻无穷,先是粉红,再是深玫瑰红,玫瑰红下面又出现一抹深蓝,天空犹如一块巨大的调色板,出现各种颜色和形状的组合。

今天黄昏的天空是彩霞万丈,整片天地都给染红了,绚烂无比,令他再次感叹天地的神奇。感慨之际,他想起了那对来自马来西亚的姑侄。刚刚管家张泰说收到密报,这对姑侄可能是革命党,此行的目的就是刺杀两广总督。

听到这个消息的前一分钟,他还在隔壁的房间和她俩喝咖啡，房门开着，飘出很浓的咖啡香味。姑侄二人正在研磨着从马来西亚带来的咖啡豆。咖啡壶很精致，是准备外销到欧洲的式样，中式纹样和西式器型相结合，青花瓷的肚子，装饰纹样是典型的清代合家欢人物图。旁边一只银錾刻花卉人物纹奶壶和双耳罐，拿督夫人好像很喜欢这只双耳罐，拿在手上细细看着。奶壶旁边放着从澳门带过来的杏仁饼之类的点心，用一只广彩三国演义刀马人大盘盛着，盘中描绘的是《三国演义》中吕布手握长戟与其义父董卓策马出战的场面，十分传神。还有一只小一点的盘子，绘的是杨贵妃和高力士，图中杨贵妃坐在一把酸枝椅子上，身后有两个举着鹅毛扇的丫鬟，高力士跪在美人的面前。在这没有窗户的屋内，桌子的颜色也显得有点暗，窗外有一条宽大的回廊，回廊可以通到各个房间。

四人在喝咖啡的小圆桌旁边坐下，幼瑛给他们倒咖啡。姑姑又拿起一件直筒杯身青花花卉纹的啤酒杯放在手里看，张鸣岐问她："夫人可是喜欢这些瓷器？"夫人说："太精美了，中西合璧。"

管家张泰站起来走到张鸣岐的身后，用手轻轻碰了一下他。张鸣岐心领神会地把杯子放下，和张泰走到了阳台。眼见四下无人，张泰就说："大人，有英国人在走私军火,把武器卖给革命党。"张鸣岐沉吟了一会儿答道:"这件事我们慢慢再查,现在重要的是革命党,不是英国人,也不是军火。"张泰小声说道:"这个拿督夫人有可能是革命党,特别是她的侄女。因为船上发现了一具无头尸体,还有密报说有人带了枪支上船。""不会,拿督夫人是含着金钥匙出生的,不会是革命党,她没有一点参加革命的理由。我们看一个人是否会做某事,要看其有没有动机。夫人锦衣玉食,有必要去冒这个险吗?她的那个侄女,一看就是调皮捣蛋,没调教好。但她对政治毫无兴趣,也不会是革命党,"张鸣岐边笑边说,"要是他们都是革命党,那我们还怕革命党吗?不过就是一些老弱妇孺罢了。"

总督的嗓门突然变得有点高亢,管家不知所措地看着他。房间里面好像一下子也安静下来。此刻这对姑侄的手中应该还端着咖啡,他想象得出她们脸上的表情。阳台是一个回廊,他对管家摆摆手,朝着另外的方向走去,回到他自己的房间。本来他想邀请她们一起欣赏美丽的黄昏景色,然后和充满异国情调的香云纱夫人坐上马车一同去位于长堤的乐善大戏院看戏,听说来自澳门的福隆戏班要在那里演一出新戏《大闹广昌隆》。

眼前的晚霞越来越灿烂，天空和江面像被点燃了一般。万丈霞光中，他是那么渺小。管家踩着花麻石悄无声息地走到门口，看着邪恶的晚霞渐渐把他的主人吞没。

这一天发生了好几件事情。张鸣岐的同僚以"机器病人""夺人生业""男女混杂，易生瓜李之嫌"为由，下令封闭了南海县的近代中国第一家民营缫丝厂——"继昌隆"。另一位下属，出身低微，因军功得官，后又娶了太平天国康王的妃子为妾，致使第一任正妻气死，第二任正妻自杀。因此他收到一纸诉状，开了近代婚姻官司的先河。

越来越多匪夷所思的消息，纸片一样穿越晚霞向总督飞过去，在他面前纷纷坠落。他看看自己的脚，惊讶地发现脚上一向引以为豪的靴子，变成了一双简陋的木屐，布满了灰尘，他那保养得当的又嫩又白的脚趾，夹着肮脏无比的人字形布带有点不知所措。他发狂地弯下腰，想把脚从木屐里拔出来，一边拔一边大声叫着管家的名字："张泰，张泰！"管家惊讶地看到他正奋力脱下一只靴子，再把靴子砸向玻璃。

对着无边的晚霞，他喃喃自语："有去无回，有去无回。"他好像是在说自己，也是说这个乱世。

八 城堡

因为一只脚没有了靴子，张鸣岐转过身来的时候显得两个肩膀高低不平。他对看着他发呆的管家招手，管家小心走过去，他在管家耳边说："晚上去乐善大戏院。"

管家没有吭声。在他的面前，主人已经变成一只愤怒的公鸡。头上的官帽像鸡冠一样耷拉着，一只脚穿着靴子，另一只没穿的脚正悠闲地搭在穿鞋子的脚的上面，发出愉快的微笑。他小声地在管家的耳边唠叨。管家的脸色由惊讶转为阴险，最后发出大快人心的笑声。

管家走到窗前，把靴子捡起来，替主人穿好。主仆二人衣冠楚楚地回到隔壁房间。咖啡味越来越浓，四人继续在喝咖啡的小圆桌旁边坐下。

张鸣岐看着晚霞说："多美丽的景色。"三个人都回头去看晚霞，一时没人说话。

张鸣岐突然问："夫人，你对革命党怎么看？"他的声音干巴巴的。

三个人都有些愕然。好一会儿，夫人缓缓回头："您是问我吗？"张鸣岐看着她点点头。夫人说："我们妇道人家，不关心这些事情。"

正说着话，身着白衣的用人呈上托盘，盘里摆着一只长满了刺的青色的圆东西。张鸣岐问:"这是什么?"用人说:"这是拿督夫人从马来西亚特地带过来的榴梿。"张鸣岐问管家:"你吃过吗,好吃吗?"张泰苦着脸说:"别说吃了,我连闻都不敢闻。"

他还没说完,拿督夫人和侄女梁幼瑛笑起来。

夫人让用人把托盘里的榴梿放在前面的茶几上,用人以熟练的手法把榴梿剥开,一时间客厅里充满了浓郁的榴梿味。这味道一下子把拿督夫人和梁幼瑛带回到潮湿闷热的马来西亚,回到那里的热带雨林。一时间两人都陷入了沉思当中。张鸣岐打破了僵局:"不错不错,我闻到了很香的味道。"然后对管家说不难闻。管家紧皱着眉头,伸手去拿另外一只榴梿。梁幼瑛的脸上现出了紧张的神色,大声说:"别动!"管家的手马上缩了回来。拿督夫人连忙解释道:"不用打开了,我们先把这只吃了。榴梿可以放很多天的,总督大人想吃的时候再开也不迟。"

管家张泰的脸上现出怀疑的神色,眼睛盯着这只没有打开的榴梿。拿督夫人对幼瑛使了个眼色,幼瑛点点头。

张鸣岐皱着眉头看着眼前剥好的榴梿,正想着推托不吃的理由。

幼瑛:"大人,你今天不会杀猴子吧?"

房间里所有人都愣了一下,包括站立在一旁的用人,张泰的眼神也马上从榴梿那里转了回来。张鸣岐笑了一笑说:"唉,我今天还真的想杀一只猴子呢。"

梁幼瑛抱住姑姑的肩膀,垂泪道:"这是世界上最野蛮的事情。姑姑,你一定要带我去救这只猴子。"

姑姑站起身子,挡住那只没打开的榴梿,说:"开玩笑的,大人跟你开玩笑的。哪有那么野蛮。"

幼瑛擦一下眼睛说:"我一定要去看一下。"这时有官员探头进来找张鸣岐,他站起来就对张泰说:"你带她去看看那只可怜的猴子吧!"说完就和官员走出房间。

张泰问拿督夫人是否真的要去看猴子,他仿佛变了一个人,刚才一脸的谄媚转瞬即逝,整个人由奴才变成了酷吏,脸上的表情阴晴不定,充满了怀疑和敌意。一股寒意从拿督夫人的脊梁升上来。

梁幼瑛坚决地说:"我一定要去。"

张泰还是看着拿督夫人,没动。

拿督夫人慢慢站起来,沉着地对张泰说:"麻烦你带她去一下吧,随便看看就行了,不然她就会在这里一直吵闹。"张泰很不乐意地点点头,又看了一眼那只没开的榴梿。拿督夫人笑着说:"你放心吧,我等你们回来。"

张泰和梁幼瑛两个人一前一后走下楼梯，慢慢穿过花园，走到一个厨房。厨房前面的空地上放着许多笼子，张泰指着这些笼子对梁幼瑛说："夫人，你自己看吧，我要去准备今晚看戏的事情。"他把一个帮厨叫出来，吩咐了几句，自己就先走了。

春天的阳光透过薄雾慢慢流进花园里。

沙面的景色非常漂亮，四处都是欧式的建筑，与广州城有很大的区别。但梁幼瑛没有心思去欣赏这些景色，她走到一个个的笼子面前，蹲下来仔细地看。笼子里面关着各种各样的动物，有蛇、穿山甲、猫，还有一只野猪和她最关心的两只猴子。她还看到有很多像蟑螂一样的虫子，但是又很干净，她不知道那些是什么。她在马来西亚没见过，但是放在这里肯定是准备吃的。一个厨师走了过来，很有礼貌地问她："夫人，你在看什么呢？"梁幼瑛指指前面的这一堆笼子说："难道这些都是要吃到肚子里的？"那个厨师笑了笑说："是的，这些都是最珍贵的山珍野味，总督每次宴会都要吃的。"

梁幼瑛蹲到两只猴子面前。两只猴子好像也知道自己死期已近，很悲伤地看着她，有一只猴子眼睛里似乎还流出了眼泪。她站起来对厨师说:"这两只猴子我能够买下来吗?"厨师大吃一惊:"夫人你买它们来干什么?这些猴子顽皮得很!""它们怎么顽皮呢?它们看上去这么可爱,我要把它们带回马来西亚。"幼瑛望着这两只猴子笑着说。两只猴子好像也能听懂她说的话,吱吱哇哇地叫着比画着四肢。厨师就说:"这些猴子最会模仿人。有一个笑话是这样的,有一家人养了一只猴子,他做什么那只猴子也做什么,搞得他烦不胜烦,后来他就回房间做了一个上吊的动作,结果猴子自己也上吊死了。"厨师说完,情不自禁地笑了起来。

但幼瑛没有笑,她不觉得这件事有什么可笑。

她想象着那只猴子去上吊的情形,不知道猴子怎么能够绑绳索,但是听起来这只猴子确实办到了,这或许正好证明了猴子挺聪明。她叹了一口气,对厨师说:"你确实不能把猴子交给我吗?"厨师连忙摆手道:"不行,要是这样做,我就会被抓去坐牢。"厨师看看周围,觉得这个女子会给他带来很多麻烦,就说:"夫人,你先在这里慢慢看吧,我要回去忙了。"

厨师走后,梁幼瑛逐个笼子去看。她首先看了蛇,那是一条"过山风",毒蛇,身上有许多暗灰色的团纹。广东地区多丘陵矮岗,这种毒蛇很多。广东人吃这种蛇时,都是要把蛇的胆活剥下来泡酒的。她在看蛇的时候,那条蛇吐了吐信子。蛇并不像猴子一样知道自己的末日来临,它只是显得很愤怒,因身处牢笼而对所有笼外生物的愤怒。幼瑛还看到了穿山甲,那只穿山甲看着很脏,散发出一股难闻的动物腥味,紧紧地团在一起。幼瑛不知道为什么广东人爱吃穿山甲,据说穿山甲可以去掉身体里的毒素。另一只笼子装着一条"五爪金龙",说是"龙",其实是一种蜥蜴。这条爬虫非常丑陋,幼瑛一直看不到它的眼睛。

在这些可怜的动物面前,梁幼瑛几乎把今天的任务忘记了。她现在一心想做的,就是将眼前这些被关在笼子里的动物放生。

有人在背后拍了拍她的肩膀。她吓一跳,回头看到总督和姑姑正站在身后,总督笑眯眯地看着她。姑姑说:"幼瑛,我们该走了。"她顿时清醒过来。姑姑和总督身后有两匹大白马,就是之前载着她们去石室大教堂的白马。幼瑛指着白马:"啊,又是它们。"

张鸣岐笑眯眯地对幼瑛说:"我们去看大戏,《大闹广昌隆》，一出好戏。"幼瑛听着有点汗毛直耸。她们正准备上马车，管家张泰急匆匆捧着榴梿走过来说："慢着，两位夫人。你们忘记拿东西了。"他把"你们"两个字说得很重。姑侄看了一眼，幼瑛伸出手说："给我。"张泰笑道："你身子不方便，还是我拿着。"说完也上了车，和总督坐在一起。

冯碧玉和佩儿进入广州城的时候已经是黄昏了。林老板在佛山上码头的时候惹了点麻烦，福隆戏班要在佛山耽搁几天。碧玉和佩儿便告了假，先到广州。冯碧玉对广州很熟悉，她小时候在真光书院念过几年书，城里的大街小巷都跑遍了。之前香山老家吵着要把她抓回去浸猪笼，她一想到浸猪笼的场景，就禁不住要发笑。她定神想象那些留着长辫子的堂哥堂叔气势汹汹拿着脏兮兮的猪笼，茫然地站在种着芭蕉树的河边，就笑得直不起身子。佩儿见她笑成这样，也跟着笑起来，俩人站在广州城的路边笑得前仰后倒。笑了一阵子，佩儿问碧玉："你笑什么？"

碧玉擦着笑出来的眼泪，指着佩儿说："你还没剪学生头。"

俩人又开始笑起来，一发不可收。

佩儿本来也是要剪的。一来她有点舍不得,二来她要演《大闹广昌隆》的女主,所以就没剪。

碧玉和连如在培基学校中是带头剪短发的。俩人剪完之后,兴冲冲地回家,在门口刚好遇上冯少爷。少爷惊愕地看着她们俩,半晌说不出话来。最后说了一句:"你们俩……"他好像想说句什么,但最终没说,摆了摆手就走了。碧玉从来没听表哥讲过一句刻薄话。就算天要塌下来了,他也只会做出惊愕的表情。

晚霞满天,二人已经走到一条人流如织的大街上。大街由六排长条麻石铺设,骑楼下面商铺一间挨着一间,乐器、牙雕、珠宝、瓷像、狮鼓,琳琅满目,各种各样的小贩坐在骑楼下一字排开。她俩在一个逗蛇的小贩前站了好一会儿,小贩把一条青绿色的蛇从竹篓里面拿出来,搭在佩儿的肩膀上,这个动作很突然,把碧玉吓得往后跳了一大步,佩儿却眼睛都不眨一下。贩蛇的对佩儿说:"你放心,枪我们已经拿到手了。"说完把蛇放进篓里,走过马路对面。他旁边有个卖鸡毛掸子的,左右手都拿着五六支鸡毛掸子,身后是一间卖草帽的店铺,他也随着蛇贩子走过马路。走过碧玉身旁笑嘻嘻地说了一句"琼芳客栈",然后把一支鸡毛掸子塞到碧玉手中。碧玉哎了一声,他已经走到马路对面。

暮色越来越浓。佩儿问碧玉:"碧玉姐,你家亲戚到底住在哪里啊?"

这时她们站在一家挂着"象牙扇柄,烟嘴杂货"的店子门口,碧玉指指身后的一个楼梯门说:"就在这儿啊。"

佩儿转身走过去看,楼梯窄窄的,只能走一人,光线很暗。碧玉也走过来。碧玉走在前面,佩儿走在后面。上了楼梯,走了一截,就看见一扇紧闭的木门。碧玉敲门。里面有人问:"边个啊?"碧玉应着。门"吱呀"一声打开,一个穿着黑色香云纱、有些富态的妇人一边打开门一边说:"快进来,累了吧,怎么这么晚?"

佩儿一进门就知道这是殷实人家。进屋就是客厅,中间摆着一张镶着大理石的八仙桌。花瓶里插着几枝姜花,使得客厅充满了清香。靠着窗边的是沙发和茶几,都铺着白色纱巾,纹丝不乱。碧玉和佩儿还站在那里,妇人就说:"碧玉,赶快坐下啊。你们先坐,我给你们泡茶。喝乌龙还是香片啊?"

碧玉不客气地坐下,说:"香片。"

她一边说,一边朝佩儿打着眼色。

佩儿很带点窘态地坐在沙发的边上,生怕一身的灰尘把人家这么干净的沙发弄脏了。

整个路途上,碧玉从来没有说过在广州的这户人家是什么人。佩儿问了几次,她都含糊地说是亲戚。碧玉在广州有好几户亲戚,因为冯家的家族太过庞大,以至于她也分不清楚。碧玉美美地喝了口茶,心满意足地叹了口气。这时冯家保姆四姐又走了出来,对碧玉说:"小姐,房间都收拾好了,我带你们进去。"

碧玉端着茶站起来,佩儿也站起来。二人跟着四姐走过长长的过道进了客房。房间有点暗,但非常整洁。里面摆着两张单人床,床头柜、衣柜、沙发、茶几一应俱全。花瓶里还插着新鲜的茉莉,散发出阵阵幽香。佩儿感觉像梦游一样好不真实,好像又回到了澳门的福隆戏班。深深的倦意袭上心头,她一头倒在松软干净、散发着香味的床上,沉沉入睡。

第二天俩人睡到中午才醒。四姐过来了几次,看俩人睡得如此香甜,不忍心叫醒她们,就自己下楼去买菜了。

还是佩儿先醒过来。她也不忍心叫醒碧玉,便轻手轻脚地走出客房,把房门轻轻带上,小声叫了声四姐。看没人应她,就估计四姐是出去了。

正午的时候，这所房子的光线很好，连过道的水磨石地板也被射进来的阳光照得闪闪发光。佩儿这时才观察到这所房子是长条形的。二楼最靠街面的是客厅，内设有天井，天井两边是房间，三楼是一间大的主人房和休息间，四姐的住房和厨房都在二楼，很典型的广州竹筒屋。二楼客厅下面就是马路的骑楼。听到街上有叫卖绿豆香草糖水的，四姐就从客厅的窗户探出身子，把卖糖水的叫住，然后用绳子吊下篮子和钱，再把糖水吊上来。

佩儿坐在客厅的餐桌旁发了一会儿呆，就听见下面好几次卖东西的小贩在吆喝，一会儿是卖飞机榄的，一会儿是卖绿豆沙的，一会儿又是卖凉粉的。卖凉粉的人声音有些沙哑，佩儿竖起耳朵听了一下，终于听清了他在喊些什么，"凉粉凉粉，食坏女人"。

他在喊的时候，原来吵闹的大街一下子安静下来，好像有很多人都在听他的喊叫。佩儿还听到有好多从别人家发出来的关窗开窗的声音。佩儿也想打开窗户去看看这个卖凉粉的人，甚至想买一碗试试，但因为四姐不在家，她也不好意思随便推开主人家的窗户。她这时好想碧玉赶快醒了出来，碧玉推开窗户倒是不怕的。

这时候佩儿就真实地感觉到广州和澳门的区别了。

澳门比广州斯文,广州比澳门市井。这是她后来跟碧玉讲的,广州是彻头彻尾的南方人的省府。

碧玉一直没有起来。佩儿很体谅她,毕竟这次出走碧玉是主角,她是随从。很快四姐就回来了,还是穿着那身黑色香云纱的衣裤,提着菜篮子,一头大汗。佩儿马上站起来,四姐摆着手:"你坐,你坐。我煮早餐给你吃。"边说就边朝里走。

佩儿转身推开窗户,探出脑袋往下看。

即使在二楼的位置,也可以很清楚地看到整条街。两排骑楼,临街的商铺陆陆续续地开着,刚刚吆喝的几个小贩已经不见踪影,晃去了别的街巷。客厅里面有一个样子古老的座钟,每逢到整点的时候,都会有音乐响声。佩儿看看座钟,刚好是早上的八点半,座钟的样子很特别,是一只花瓶的式样,描金的边框,瓶身是描了并蒂莲花纹的景泰蓝,瓶口还种有一棵紫晶的玉树。楼下的商铺有些已经开了,还听到另外一些抽木板的声音,省城的人就是比澳门的人勤快。佩儿一直趴在窗台上,看着各行的人在早晨的街上慢悠悠走过。街对面还有一间茶楼,一早就开了,吃茶的人进进出出,很是热闹。佩儿仔细看着茶楼进出的各色人等,发现了几个梳着辫子的清兵,拥着一个官员模样的人大摇大摆地走进去。她情不自禁地把脑袋又往外伸,几乎半个身子探出了窗外。刚好四姐已经煮好了及第粥出来,见状吓了一跳,把粥放到桌上,连忙招呼她:"小姐,小姐。"佩儿从窗口收回身子,转头对着四姐笑了笑。四姐说:"小姐,你这样很危险的。"又说:"你在看什么呢?好像很入神的样子。"

这时碧玉也洗漱好出来了,精神奕奕,换了身碎花的大襟衫,一条黑裙子。

四姐指指桌上的两碗粥和一碟炒粉说:"快点吃早餐先,我刚刚落楼买的猪肝和粉肠,好新鲜。"

佩儿喝着四姐煮的粥,连赞好吃。四姐笑眯眯地问她:"比澳门的好?"

佩儿正忙着吃,一嘴都是猪杂,就只会点头。四姐心满意足地呵呵笑着走进厨房。一看四姐离开,俩人马上放下碗筷,直奔窗前,把脑袋支在窗户上。碧玉低声问佩儿:"刚才看到了什么?"

佩儿说:"看到那个管带了。"

碧玉又问:"身边有人吗?"

佩儿说:"好像有四五个清兵。"

这时下面的街面愈来愈热闹了。卖茶叶的，卖花的，一团团的人在街上涌动，俩人都有点看不过来了。碧玉自言自语："人越多越好。"

佩儿没听清楚她说什么，就问她："你说什么？"

这时有几个年轻女子在街上走过，都是梳着大辫子。佩儿对碧玉说："省城剪学生头的女孩子很少，我看了半天，一个也没有。"

碧玉若有所思地点了点头，摸摸自己的一头短发。

佩儿笑笑，拿起自己的油亮的大辫子说："不怕，这还有一条。"

碧玉脸色大变，说："不能让你去，危险。"

四姐在后面叫了起来："哎呀，外面有什么好看的。吃完早餐再看。"

俩人马上听话地从窗台上滑下来，回到桌前继续吃早餐。街外有小孩在唱：

阿姑乖，嫁后街。后街有野卖，后街有鲜鱼鲜肉卖，又有鲜花戴。戴唔晒[1]，栖落床头被老鼠拉。拉去边[2]，拉去

---

1 粤语，意为戴不完。
2 粤语，意为拉去哪。

大新街。

佩儿侧着头很认真地听着,对碧玉说:"我知道了,这条街就是大新街。王妈妈讲过,省城的大新街好架势。"

碧玉顿了顿,说:"我们下了楼,往前走向右,就是四牌楼街。《大闹广昌隆》说的就是那里的事情。如果是元宵节,四牌楼的灯市是最最热闹和漂亮的。"

佩儿放下碗,有些木然:"不知我们还能不能看到元宵节。"

碧玉心里一沉,但又马上打起精神:"不要说这些丧气话。我们现在重要的是要找到姑姑。"

佩儿眼神散漫地看着一屋的家具摆设,说:"我就不明白了,你说我一个流落街头的,要搞革命倒说得过去。你一个富家小姐,锦衣玉食,搞革命不知为什么?"

碧玉脸一下涨红,但仍昂起胸膛答道:"不要说锦衣玉食,我最憎恨男人三妻四妾,男女不平等。我们舍出命搞革命就是为了有男女平等的那天。"佩儿连忙说:"对不起,我说错了。"

碧玉走进房间,拿出一只手提的藤箱子,打开给佩儿看。

佩儿很好奇:"这是什么好东西?"

碧玉瞪大双眼回答:"我在香山家里偷地契的时候顺手拿的,到时可以卖了交给革命军。"佩儿拿出来看,是一件象牙的针线盒,雕着柳亭和人物。碧玉又拿出一件,是一把黑漆描金折扇,扇子画满了精美的人物和庭院景色。

佩儿拿在手上,爱不释手,说:"太好看了,比王妈妈箱子里的东西好多了。"又说:"林老板在佛山不过来,姑姑又找不到。雪秋哥和连如姐也没了联系,总不会是我们自己抱着炸弹去总督署吧?"

碧玉叹了一口气,想了想又说:"不如这样,明天我女扮男装,你扮唱龙船的盲女,我们先到对面茶楼探一探。"

佩儿摇头:"龙船都是男唱的,我还是唱咸水歌。"

碧玉无奈答道:"估计那些兵不喜欢听咸水歌,你就唱《再折长亭柳》。"

佩儿又摇头:"我唱不了那个,我还是唱《除却了阿九》吧,师傅教过我。"接着她就唱起来:"除了杏花楼阿九妹,无人称得了销魂。"

碧玉连忙摆手:"不行,不行,女的唱不行。"

佩儿又说:"林老板不知道遇到了什么事情,搞得戏也演不了,我们的计划落空不算,我这几个月排戏也很辛苦。"

碧玉说:"估计是遇到练功夫的,不让他走。"佩儿觉得奇怪:"为什么练功夫的不让他走?"

碧玉喝了口茶说:"据说佛山那块地方很怪,陌生人去了就遇到了功夫神。要缠上个三五天,你的礼金要准备得好。"

佩儿:"那林老板有礼金没有?"

碧玉:"除非他那一身行头留下。"

佩儿:"哎呀,他那双鞋子可不能留在那里。那里的功夫我知道,除了'无影脚'还有'蔡李佛'。"

她看看碧玉,说:"哎呀,你剪了短发,可以扮男装唱龙船呢。"

碧玉说:"我不会唱。"

佩儿说:"你不用唱,你敲鼓,我来唱,但你手上要擎住只木刻小龙船。"

碧玉:"去哪儿找木刻小龙船?"

佩儿:"下面这条大新街肯定有的卖。"碧玉就叫四姐,问下面有没有木刻的小龙船卖。四姐问她买那个做什么，碧玉笑着说拿来玩的。

四姐说："那些木刻小龙船是疍家唱龙舟的人拿着的，你一个小姐拿来做什么？"碧玉不作声。

四姐下楼准备晚上的饭菜。俩人一见四姐下楼，头又碰到一起。

碧玉问佩儿："原来的计划是怎么样的？"

佩儿说："很简单，第三场'复仇'时，雪秋哥拿着黑伞上场，炸弹就藏在黑伞里。接着我这个复仇女鬼上场，就和雪秋哥把伞里的炸弹扔向坐在第一排的张鸣岐。"

碧玉想了一下说："要是狗官不坐在第一排呢？"

佩儿回答："如果第一方案出了差错，会有第二方案。王妈妈上场唱《再折长亭柳》时会带短枪。"

碧玉大惊："王妈妈会打枪？哦，王妈妈果然是自己人。难怪我在她身上闻到自己人的气味。"

看到碧玉惊愕的神情，佩儿扑哧一笑："你是闻到鸦片枪的味道吧。谁都知道王妈妈的事情，不过她决心革命，也会把烟戒掉的。"

碧玉："你身世不明，我是香山的，王妈妈是新会的，雪秋哥是澳门的，连如姐是珠海的。我们来自五湖四海。"

佩儿白了碧玉一眼说:"谁说我身世不明,我是顺德的。"又说:"枪就是幼瑛藏在肚子里带过来的。"

碧玉听得激动起来,站起来说:"第三个方案就是我擎住木刻小龙舟上场,小龙舟里放着炸弹。"她说到"炸弹"两个字时自己都惊了一下,然后开口唱道:"除了杏花楼阿九妹,无人称得了销魂。"

佩儿捂着耳朵:"别唱了,别唱了。"

碧玉正色道:"别忘了我是正经跟师傅学过的。"

圆桌上摆有四姐放的水果,香蕉、番石榴和切好的木瓜。碧玉拿了一块木瓜放进嘴里,后街传来卖鱼的声音。碧玉告诉佩儿,晚上会有腊味饭食,腊味都是四姐自己晒的。佩儿来了精神,问有没有东莞腊肠?碧玉笑着说:"你还知道东莞腊肠?"突然,她们听到楼下街道有跑动的声音。两人刚想去窗口看个究竟,四姐就回来了,把门用力关上,叫她们:"不要看,不要到窗口。楼下有人抢东西。"

随之而来的是两道枪声和人群四散的声音,有人大喊:"革命党打进来了!"四姐把一只藤篮扔到地上,捂着胸口喘气。藤篮里装着新鲜的鲩鱼和一块五花肉,还有炒田螺用的紫苏。

九　秋风秋雨愁煞人

冯雪秋、赵连如、冯碧玉和佩儿坐在大新街楼上的客厅里,四人铁青着脸。

碧玉一直忍着眼眶里滚着的泪水,不让它掉下来。雪秋一反平日的温文尔雅,厉声说:"不许哭!"碧玉捂着嘴站起来,"哐当"一下,拉开凳子,跑到走廊,大声哭起来。佩儿也推开凳子,失魂落魄地跑过去抱着碧玉一齐哭,一边哭一边顿脚喊着:"姑姑,幼瑛。姑姑,幼瑛……"连如神情麻木,嘴里喃喃道:"怎么会这样,怎么会这样……"走廊俩人哭罢,听得碧玉发狠喊着:"那个狗官,我去把他杀了!"说着一把推开佩儿,冲进里屋,拿出一把短枪,佩儿说:"我和你一起去。"二人冲向大门,但雪秋已经挡在门口,说:"都回去坐着。"四姐不声不响地从厨房出来,给四人倒茶。

这个房子是冯家的产业，每当有人从香山、南海或澳门来省城，就住在这里，像一个家族会馆。楼下的玉器铺也是冯家的，平时房子和铺子都交给四姐打理。

冯雪秋沉着声音说："听说清兵已经得到了消息，知道姑姑和幼瑛的身份，把她们诱杀在戏院门口。当时清兵把她们团团围住，是姑姑拉响了藏在榴梿里的炸弹。"三个女孩放声痛哭。四姐连忙关窗户说："小声，小声。"三人又哭了一会儿，连如说："我们去把姑姑和幼瑛安葬了。"雪秋摇摇头："听说现场很惨烈，姑侄二人都没有全尸。狗官让清兵把现场围住，不让人靠近。"雪秋举起茶杯："我们一起为姑姑和幼瑛默哀。"四人站起来，把茶洒在桌上，低头不语。这时四姐看到一双黑蝴蝶翩翩地从窗口的缝隙飞了进来，绕着正在默哀的四人上下盘旋，久久不肯离去。四姐闭上眼睛双手合十放在胸前。随后四姐睁开了眼睛，一双蝴蝶已经不知所终，唯留下一股淡淡的花香。连如使劲闻着，说："我闻到了姑姑的味道。"碧玉说："怎么可能？"连如又说："真的，我和雪秋哥都在船上见过姑姑，她身上有一股特殊的香味，头上插着一朵深色的鸡蛋花。"碧玉说："那就是鸡蛋花的香味。"连如又闻了一下空气，说："真的不是鸡蛋花。"

佩儿说:"听说她永远穿着香云纱。"四姐还在找那双蝴蝶,眼睛看着过道。雪秋问她:"四姐,你在看什么?"四姐好像吓了一跳的样子,回过头来说:"刚刚看到有一双蝴蝶在飞呢,现在不见了。"众人看看客厅,觉得不太可能,窗子都关着。四姐着急地说:"真的,一双黑色的蝴蝶,你们在默哀的时候飞进来的,围着你们转呢。"碧玉和佩儿的眼泪又流下来。连如说:"幼瑛是逃婚的,亲家是新加坡的,大把钱,男方也很喜欢她,但她说就是不要包办婚姻。"碧玉一抹眼泪,说:"是哪个叛变了?把他杀了,为姑姑和幼瑛报仇。"连如说:"如果那天戏班准时来了,姑姑幼瑛有可能躲过一劫。"佩儿说:"林老板是叛徒?他是有意迟来的吗?"雪秋摇摇头说:"不会是林老板,如果戏班准时来了,可能会死更多的人,包括你们两个。"他望向碧玉和佩儿。

雪秋穿着得有点古怪。姑姑和幼瑛出事后,全城戒严,到处都是清兵,三步一岗,五步一哨。为了不引起怀疑,雪秋戴着瓜皮帽穿着长衫,大新街五十二号的玉器铺也关了门。

窗外传来嘈杂的声音,四姐打开窗户探了半个脑袋,马上又缩回来,"啪"一下把窗户关上,背着手说:"不得了，不得了。"四人马上问："怎么了？"四姐吸了口气："外面满大街都是密密麻麻的蝴蝶。"四人冲到窗前，果然看到外面的街上布满了蝴蝶，黑色的、白色的、灰色的，三种颜色的蝴蝶大大小小地排着队，整齐地上下飞舞，仿佛有人在指挥一样。领头的一只大如蝙蝠，神态骄傲，通体黑亮，两只翅膀轻盈若风。四人一齐轻声唤道："姑姑，幼瑛，你们走好……"

蝴蝶在姑姑的带领下，穿过了大新街，在大新街五十二号停顿了一小会儿，然后浩浩荡荡地飞向四牌楼的牌坊。一群孩子正在乙丑进士坊下玩跳格子，一边跳一边唱"节近元宵乐未休，买灯花到四牌楼。愿郎买得灯花后，照妾青春到白头"，抬头看到黑压压的蝴蝶群飞至，吓得一哄而散。蝴蝶继续飞，心满意足地飞，在圣心大教堂白色的顶上歇了一会儿，继而飞进了教堂的钟楼，在蝴蝶的振翅激荡下，一阵阵幽怨而无边的钟声应运而起。蝴蝶最后飞过长寿寺和华林寺，集体伏毙在姑姑和梁幼瑛遇难的戏院门口。一只翅膀紧挨着一只翅膀，血迹斑斑的土地被遮掩得没有一丝缝隙，守卫的清兵和围观的群众都说闻到了异香。

四姐这天早上像往常一样，把洗干净的衣服放进竹篮里，准备带去同福大戏院。她的父母在同福戏院旁边经营着一间小小的凉茶铺，生意不错。同福大戏院就在当时最显赫的伍家花园旁边，后门傍着珠江，方便戏船出入。四姐的父母跟伍家的下人很熟悉，他们经常给些主人的衣服给四姐家洗。另外，四姐的父母也接些戏院工作人员洗衣的活交给女儿，一来二去，四姐也就熟悉戏院的人，也认识了一些大老倌，经常可以免费看戏。

这天四姐篮子里放的是一套男装的戏服，排金绣蓝地男大扣武将装束，甲身绣满鱼鳞等纹样，扣肚绣有虎头、双龙戏珠图案。昨天下午她正在熨衣时，佩儿走过来先是不经意地看了一眼，跟着又回头仔细瞧了瞧："咦，这不是林老板的戏服吗？"四姐说："不知道，是戏院的人交给我的。"佩儿说："哪个戏院？"四姐回答："同福大戏院。"佩儿又问："哪个戏班？"四姐说："那我真的没问。好像说是刚到的，红船还停在戏院的后门呢。你问这么细干什么？"佩儿朝过道喊："碧玉，碧玉。"碧玉从房间里出来问怎么了。佩儿说："林老板他们到广州了。"四姐的手不经意地指一下佩儿的头发，给佩儿挡开。碧玉一跺脚："我们找他们去，看是不是他们告的密。"说完两人一阵风似的就开门下楼。四姐站在那里发呆。

四姐是碧玉的奶娘。四姐的家在番禺新造，新造出番薯，广州人都知道"新造大番薯"。小的时候，家里穷，把她卖给一家大户做妹仔，后被收做小妾，生了一双儿女。她做妹仔时很受罪，婆婆动不动就打骂。有一次给祖宗的牌位上香，婆婆嫌她香插得不够正，一把香戳向她的额头，弄得鲜血直流。她当晚就带着一双儿女逃了出来，到广州的荐人馆找工。刚好遇到碧玉的母亲来找奶妈，看到她身材健硕，气色又好，很合眼缘，就问四姐："要离开这里很远的，你去不去呀？"四姐说："去，哪都去，就算是新加坡都去。"碧玉的母亲就笑了，说："没那么远，跟我走吧。"

奶大碧玉后，她回到广州，在大新街给冯家看守房子，不久位于惠爱直街的番禺学宫改为番禺中学，番禺人可以减免学费，还开设了一个女班，四姐有时也去那里读书学字。同桌的女同学叫黄杏娇，番禺大石人，是个孤儿，和她很要好。杏娇先是在伍家大院里做拣燕窝毛的杂活，后来到长堤的六国大饭店做西饼，为人豪爽，做事麻利，无论在哪儿做活都得老板赏识。因杏娇比她大个两岁，她称杏娇为"杏姐"或者"杏姑"。在公校报名的时候，刚好她们一起。坐在桌子后面的四眼婆问她们："扎脚还是放脚的？或者是扎了再放的？"杏娇在旁边笑起来，四眼婆不高兴地说："唔比笑。你哋係澳门来的？"看到二人充满关心地看着桌下，她很大方地伸出一双三寸金莲来，脸上露出安然的表情。反倒是她俩不好意思，转头离去的时候，听见后面说："恭喜二人，你们可以上体育课了。"二人回头，却看见桌上一只大黄猫，四只脚都用丝带绑住。四眼婆无比欣赏地看着大黄猫说："阿黄，我哋係不放脚的。係唔係？"接着亲了一下大黄猫。

碧玉和佩儿下了楼后，四姐掀开衣篮里的戏服，下面是一面手绣的熨得平平整整的青天白日旗。这是上一次缝纫课的功课。

学堂里的这个班，全部都是妇女，以有钱人家的寡妇居多。课上气氛很活跃，大家都把这里看成一个放松自我的地方。上的课也很多样，有上四书五经的老古董，也有教西洋音乐的年轻女教师，甚至有一个说是给太后教过画画的。这天上的是缝纫课，大家都很好奇，女红都是坐在这里所有人的拿手货，还要老师教吗？上课的钟声已经响起，大家都坐好等老师，可是一直没看到，课堂上就有人吱喳起来。"可能是不上了吧。"有人说。"是嘛，缝纫课，我来当老师好了。"那个女生说着拿出自己的一方手帕，上面绣着一只大黄猫，课室里一下就哄笑起来。突然前方传来一个声音："安静，大家安静。"课室一下子安静下来，四姐和杏姐伸长脖子往前看，因为她们坐的位置是中间，前面有同学挡着，后面的同学干脆站了起来。这时大家看到一位矮得出奇的女士蹒跚着从讲坛后走出，她刚刚可能低头在找什么，所以大家没看到她。只见她从旁边搬了一张凳子垫在脚下，头从讲坛中探出来。大家又笑起来。只见她不慌不忙地拿出一方蓝色的手帕，在空气中扬了扬，说："从今天起，我来教同学们刺绣。"跟着她给了一叠和她手上的一模一样的手帕，让班长派给每一个同学。每个人都得到帕子后，老师说："今天的功课很简单，就是在手帕上绣一枚太阳。"最为不幸的是，教国画的居然也是这位老师，据说她原来是某个富商的宠妾，还去过日本学画画。第一次上国画课，她就带大家到学校操场，那里有两棵巨大的木棉树。她指着木棉树说："看到没有？这就是你们终生的偶像。你们不仅要画它，还要像它一样挺拔和伟岸。"但那时烈日当空，木棉树的叶子和花朵都掉光了，大家站在那里汗流浃背，内心充满愤怒。在几位富商太太的挑拨下，校方终于把她辞了，换成一位温良端庄的女教师。这位女教师最后成为女子革命军的领袖。有一次,四姐、碧玉几个坐在那里议论,说不知哪家的富商有这样的喜好,还送她去国外留学。雪秋听见了,就说她们不要议论别人的长短,每个人的长相自己不可以选择,但是志向可以选择,说得大家觉得惭愧。

公校的女班分为两派,扎脚派和大脚派。无须说,扎脚派就是有钱人家的寡妇和怨妇,大脚派就是穷人家的妇女,像四姐、杏姑那样的。公校有一个风景,上学的寡妇都是用轿子抬着来的,身上绫罗绸缎,摇着画有山水或小姐的丝织扇子。寡妇团的太太喜欢看大戏,常常请四姐、杏娇一起去同福大戏院看戏。杏娇不愿意去,说浪费时间。戏院的票价有五分钱、六分钱、一毛和两毛的,最便宜的是三分钱。有时杏娇不去,四姐就拉上碧玉去。有钱太太都不吃公校的饭,自己带饭,叫妹仔包在身上暖着。四姐和杏娇有时去大佛寺帮忙,然后在寺庙里吃免费的斋饭。有一次梁寡妇打开饭盒,那只饭盒有三四层,漆着金漆,梁太拣出一只鲍鱼给杏娇,鲍鱼上面铺着丝丝陈皮,香味扑鼻。杏姑说,我吃斋的,拉着四姐的手去大佛寺。

第一次见到佩儿,四姐就知道是她失散多年的女儿。

佩儿身子弱，经常晕。有一次佩儿又发晕，四姐帮她擦汗，拨开她的头发，就看到了她的胎记——被四姐梦过无数次的那道左耳后的朱砂印，惊得一盆水都打在地上。她当年为了奶碧玉，把女儿托给了母亲，哪知道闹瘟疫，双亲自己都差点活不成，只能把女儿送给了一对靠卖唱为生的盲公盲婆，自此下落不明。她也明白了为什么碧玉和佩儿那么亲。佩儿比碧玉大十天，都是喝自己的奶。她试探过佩儿，看到佩儿对这个话题很冷淡，心里十分憎恨那个丢掉自己的母亲。四姐的心又痛又凉。她跟杏姐讲，杏姐劝她不要急，说慢慢来，等机会合适了再相认，杏姐说："你盲摸摸上来认她，她肯定翻脸走人。"佩儿说："我是孤儿，没有父母。只有一个唱龙船的师傅，那个盲公就是我的父亲。我找了好多地方，都找不到他。"说完潸然泪下。碧玉问她和师傅是怎么走失的，她不作声。有时在街上看到有卖唱的盲公，佩儿定会把身上的钱拿出来，放进盲公的碗里。姑姑和幼瑛出事后，佩儿就说当初应该自己和姑姑一起去，把幼瑛换下来。幼瑛家世那么好，从小锦衣玉食，大好人生。自己一个穷孤儿，炸死算了。为了革命炸死，也留名青史。一席话说得四姐和碧玉当场哭起来。

戏院惨剧后，两广总督张鸣岐病了一场。他吩咐手下人，任何人不能跟他提这件事情。很快就到了祭拜活动频密的日子。他到广东后，深感这里是块多神的土地。据记载，香火最旺盛的时候，光是白云山就有五百多座寺庙。无论是神还是信众，都要比他曾经任职的山东、浙江一带多。光是一县，官方的祭祀活动就已经非常频密了。一名知县向他描述，当年元旦，他"五更朝服，率领同城文武各官诣万寿宫，望阙叩首朝贺，更蟒服诣圣庙、文庙、武庙、天后宫、真武庙、包公祠，衙内土地祠、灶神、仓神、五树将军各行礼"。正月除元宵日有照例行香外，还有多位先帝先后的忌日要祭祀。二月的祭祀活动更加频繁，初一是照例行香，初三是文昌帝君圣诞，初五日寅时三刻起来，恭诣圣庙行释菜礼……十三日，春祀文昌帝君。十四日，春祀祝融火神。十五日，春祀武庙关帝……

按照知县的描述，一年中光是应付各种祭祀已是筋疲力尽了。

病中的张鸣岐某天黄昏看到天空中大大小小的神在恣意作乐，每个神都拖着一把闪闪发亮的扫帚。他们骑在扫帚上快乐地飞行，还互相打着招呼，打扮妖艳的天后对龙王说："你快一点，盲公饼给拿走了。"龙王哈哈大笑：

"我不中意盲公饼,我中意老婆饼。"

"满天神佛。"他感慨道,声音有些嘶哑。

福隆戏班趁着半夜涨潮的时候,把船泊在了同福大戏院后门的码头。是夜星光灿烂,一弯下弦月无比妩媚地吊在伍家花园的柳树梢头,明晃晃照出花园后的漱珠涌里五颜六色的石头。林老板心情愉快地坐在闪闪发光的船板上。这几天他在佛山休息,和一些玩功夫的人切磋交流,到现在还沉浸在里面。对于省城发生了什么事情,他略有所闻,但好像不太关心。开头听说是两个女的革命党,吓了一跳,生怕是碧玉和佩儿,后来说不是,是一个大马过来的,他便稍宽心了些。但林老板还是有些犯愁,这个时候演《大闹广昌隆》,会不会触了霉头?碧玉和佩儿昨天回到船上了,还追着问是不是他告诉了清兵。林老板拍桌子骂她们"成事不足败事有余""无资格同他讲话"。二人被骂得低头,碧玉哽咽着说:"怎么所有人都知道船改期了,过不来,唯独她们不知道?早知道我和佩儿去找她们。"林老板说:"你们再去两个,也是多死一双。就凭你们的见识,就想造反?想想人家,都是科举考出来,学富五车,又在官场同各类人打了那么多年交道,都似人精。"他又对佩儿讲:"你好好唱戏,不是每个人都能唱戏的。你那个盲公老豆,我实帮你揾翻上来。嗰日我係佛山码头,就好似见到他。"佩儿的眼睛一亮:"系咩?"林老板说:"抓住枝盲公竹,条颈鬼咁幼,仲挂着只盲公鼓。唱住个支(《除却了阿九》),可能都系唱比你听,怕你唔识性,行错路。"他一转话题,指着碧玉讲:"搞革命的事情,就交比第个啦。出佐事都有人帮收骨,最多家中金山银山不要。"碧玉和佩儿想要林老板带她们去姑姑幼瑛出事的地方祭拜,放两枝花。林老板说:"你地都傻的,嗰度早就铜墙铁壁啦,好在嘀蝴蝶……"他说着打了个冷战,"好在嗰嘀蝴蝶……"大家也沉默下来。他指着二人说:"你地两个最近不要来我只船,见到你们就眼跳。多谢了。"接着拱手让她们离去。

红船搁在这里,前不得,后不得,后面还停着几只等上戏的船。但是总督大人的阴影未过,不能听"唱戏"二字。林老板只好频频去旁边的凉茶铺喝王老吉,还把自己和王妈妈的戏服交给他们洗。

"唔怕,好快就到祭祀的月份了。大人不看戏,上面那些管着他的人要看戏呢。"王妈妈指着天上说道。

"就係,他不看,玉皇大帝要看,文昌帝要看,土地爷都要看呢。"林老板挤眉弄眼地附和。

总督署门前,张泰在一棵开满红花的凤凰树下教训林老板:"做戏做戏,肯定要做的。看看总督大人的心情,看看做哪出,总之就是不能做《大闹广昌隆》。女鬼复仇?哎呀,天,你想我死咩?"林老板想着自己一身漂亮的行头,那一双天蓝色流苏的舞鞋,心痛不已。嘴上小声说着:"喜剧,喜剧。"张泰说:"什么?喜剧?你去看看门口那成千只蝴蝶,仲惨过梁山伯与祝英台。"说罢自己开口唱起来:"空房冷冰冰,山伯孤零零。"他突然抬高声音,"泪似帘外雨,点滴到天明。"王妈妈在旁边一边跺脚一边吐口水:"菜,菜。"张泰停住不唱,看着王妈妈,阴着脸:"你係边个?"林老板赶紧回答:"她是我们戏班的经理。"张泰扬扬手,回府里。剩下林老板和王妈妈站在那里。林老板:"好像什么也没说。"王妈妈道:"他那两句唱得不错。'空房冷冰冰,山伯孤零零。'不过意头唔好。"两片凤凰花瓣打在她的脸上,一片还粘住她的烟屎牙。

同盟会传来指示:"同志们不要泄气,革命一定会成功。亲人的血不会白流。"

"琼芳客栈"行动小组继续在大新街五十二号楼上开会,小组成员多了四姐和杏娇。雪秋首先发言,说内外形势都很紧张,上海有女姐妹放火烧屋。根据情报,两广总督最近会去南海神庙祭祀。南海神庙位于省城东南八十里处,每年春秋仲月壬日都会有各种祭祀。主祭官员具蟒服,行二跪六叩头……今年广州雨水少,总督就算生病,也要去南海神庙祭祀。神庙外河道水浅,总督的船大只,因此南海、番禺知县先令在泊船处搭成浮桥九十丈,仅这座浮桥就花费银子二三百两。总督乘轮船,然后预祭的文武官员提前乘船到庙外河道停泊等候一夜,等次日总督到达,登岸进庙祭祀,行三献礼毕,总督先回船返程,其他各客也乘自己的船回省城。

碧玉说:"我们租一只小船,跟在狗官的大船后边,等狗官下船走到浮桥的时候我们就开枪扔炸弹。"连如说:"这肯定不行,那天总督的船戒备森严,小船根本近不了身。"佩儿说:"不用去那么多人,我和碧玉两人先找条花船在那里住一夜,碧玉女扮男装,人哋两个唱龙船,找机会就落手。"众人无人应答。四姐起身倒茶,"饮茶先啦",给佩儿倒茶的时候,又想去看一眼那个胎记,茶就倒歪了,倒在佩儿的手上。佩儿手一缩,"呀"

的一声。四姐把擦手的手帕递给佩儿,说:"佩儿不要去了,我和碧玉去,我年纪大,没人注意。"这时响起很轻的敲门声。杏娇去开门,王妈妈大汗滴细汗地走进来,手里摇着扇子,一把拿过杯子喝口红茶,坐在凳子上,说:"变了,变了。"大家一起站起来说:"什么变了?"王妈妈又喝一口茶:"好茶,英德红茶。"大家看着她哭笑不得,催她快说。王妈妈说:"总督大人不去南海神庙了。"雪秋问她:"你怎么知道?"王妈妈又喝一口茶:"广州城一带已经数月无雨,所以总督大人要先求雨。"碧玉瞪了她一眼:"什么总督大人,是狗官。"王妈妈笑笑,说:"好了好了,我改过来就是,说惯嘴了。"雪秋问:"点样求雨法?"王妈妈:"好复杂。先是十二名幼童到大佛寺,念两经,设大八仙桌两张,按八卦摆列,用五色旗帜八幅,亦按八卦,令幼童执旗,按方位站立,参互行走。各狗官到大佛寺看幼童演练。初七晚先要番禺知县打着火把前往白云山龙王庙井中取得圣水。初八日天明,总督大人,哦,大狗官及以下文武各小狗官到城北观音山龙王庙,番禺狗官把圣水瓶安放在大殿的香案上,大狗官率领各小狗官三跪九叩。"大家听到这里都笑了起来。佩儿说:"妈妈您先喝口茶,透唞气。我看您说狗官狗官的都累了,以后就叫碧玉说。"王妈妈笑着说："还是佩儿疼我。"

四姐站起来，说："各位商量半天了，也累了。我去煮云吞面。"碧玉说："我要虾籽的。"天上突然响了一个炸雷，把所有人都吓了一跳。王妈妈说："到惊蛰了，虫子都要出来了。"杏娇说："怪不得早上起来看到墙上有一条蜥蜴。"佩儿"啊"了一声，说："你不怕吗？"杏娇圆瞪杏眼："怕什么？蜥蜴是好东西，食蚊子的。"佩儿说："它的尾巴会飞进耳朵里的。"杏娇说："你看着吧，再不下雨，那些狗官会抓蜥蜴求雨的。这可是好东西。"佩儿说："都打雷了，还不下雨吗？"雪秋继续问王妈妈："他们计划改变你是怎么知道的？"王妈妈说："他们求完雨都要请戏酬神，才叫了福隆戏班。林老板无意中说出来的。就在大佛寺演。"佩儿问："演什么戏？还是《大闹广昌隆》吗？"王妈妈："怎么会呢？酬神要演喜庆的戏，好像是《三娘教子》。"佩儿说："哦，怪不得不叫我回去。"王妈妈说："你和碧玉最近都不要回去，来过几拨人，都有问起你们去了哪里。"

雪秋把王妈妈叫到房间里，问她："不是叫你带几条枪过来吗？"王妈妈"哎呀"一声，又赶紧跑到客厅，把自己来时拎着的篮子拿进来，掀开上面的两件旧衣服，一把枪用花布裹着。雪秋问:"就一把吗?"王妈妈点点头。雪秋把枪藏在枕头下面,又拉上被子。俩人走出房间,关上房门,一起出到客厅,重新坐下。

杏娇突然站起来,向大家鞠躬。所有人都很愕然。连如问她:"杏姐你有什么事情?"杏娇犹豫了一会儿,看看四姐,说:"我明天要离开大家了。同大家讲声,都是我的好姐妹。"她看看大家,又说:"我老板今天跟我说,省城迟早出事,饭店要搬去新加坡了。他叫我跟他一起去。老板夫妇对我很好,我决定跟他们一起去新加坡。"跟着她脱下脖子上的金项链和手指上的金戒指,放在茶桌上,说:"我理解你们,也赞成你们。我是一个孤儿,幸亏遇到这个老板,对我有情有义,所以这个时候他们需要我,我不能负他。"说着她指一指桌上的金器,又说:"这是我的全部积蓄,是我自己一分一分挣的。现在我把它捐给革命党。四姐,我们是好姐妹。"说完决然走出大门。一片沉默。

是日晚,广州城中心双门底大醮,盛况空前。从布政使衙门一直到双门底,沿街摆满了各色木偶斗方,璀璨的花灯把夜空照得像白天。在技师的操控下,左揽右抱的木偶们与川流的人潮难分你我,让结伴出来的一时间难以相认,既过分热闹,又有些孤单。石板路的尽头,一座高约三层楼的戏台赫然巍立,今晚将有三戏上演。此时台上尚未喧闹,倒是从幕后传来一缕缕婉转的清音,在鼎沸声中宣唱起一道秩序的申明,引得路人驻足倾听。

人流中,四姐紧紧跟着佩儿,大声叫:"佩儿,佩儿!"佩儿理都不理,一直向前走。四姐一把拉住佩儿的衣角,佩儿想甩甩不掉,就回头说:"这一世你不用想认我,放手啦。"四姐哭着说:"真的不是不要你,当时交给你婆婆带,点知……"佩儿大声说:"点知会这样吗?不要讲了,我好憎你,好憎这个世界!我从来没有开心过,我入同盟会就是想死!"她一边说一边哭。左边一台公仔戏,演的是《八仙过海》,穿红着绿的何仙姑在台上兴高采烈颠着小脚。台下很多观众,四姐慢慢听不到佩儿的怨声。佩儿消失了。人潮中,一个踩着高跷的奇装女子从远处走来,手上还拿着一只纸扎的花牌,花牌上的竹席染得五颜六色,上面印了一个唱龙船的老头,老头是瞎眼的,脖子上挂着一只小鼓。

子夜,同福大戏院旁边的洗衣铺发生大火,大火波及戏院和伍家花园。

据传，放火的是洗衣铺老板的外孙女。官府发布通缉令，说是同盟会乱党的人放火，目的是扰乱社会秩序。各报通缉令画的是陈佩儿。

同年，广州起义爆发。

十　芳龄永继

碧玉走进酒店大堂，看见一个男店员正在小小的柜台上摆松果。刚下火车的她醒悟过来，快到圣诞节了。

香港是一个过圣诞节的地方。

男店员似乎对摆松果这件事情充满了兴趣。歪着头，目不斜视地把两只松果摆来摆去。一个小柜台，一棵微型圣诞树，树上还缠上闪闪发光的小灯泡。小酒店、小大堂、小柜台、小圣诞树和小灯泡，这一切都符合香港的特点。

碧玉看了一下表，正如佩儿说的，她到达酒店时应该是下午三点。佩儿还在电话里说："火车上有鸡腿和鸡翅膀，奶茶和咖啡，但都不好吃。如果实在饿了，先要一支可乐就行了。到酒店放下行李后,出酒店左拐有一间茶餐厅,东西还不错,有酸汤猪扒米粉。"碧玉说她想吃雪菜米线,佩儿那边顿了顿,说早上有,下午好像没有。碧玉惦记着香港那种中西结合的茶餐厅,有奶茶、粉面、煎蛋、炒蛋、肠仔和餐包等等,应有尽有。基本上在茶餐厅吃完早餐,中午就不用吃了,大多是午后三四点再去吃个下午茶。

碧玉拿了房间钥匙,上楼放行李。她住在七楼的一间尾房。这段时间她外出都被安排在尾房,不禁自觉运气有点差。每当这时她便安慰自己:肯定是我年轻时把运气都用光了。

打开房间门,碧玉看到好像有千缕阳光从窗外照进来,特别明亮,窗外两幢高楼间还看到平静的海。这让她稍微满意了些。

碧玉洗了把脸,然后下楼。出酒店向左走不远,果然就在马路的转角处看到了佩儿提到的那间茶餐厅。她进去,要了一杯热奶茶,一块厚切的西多士。在下午茶时间,没有心情点粉面。她拿上一块写着"13"的牌子,找到一个卡座坐下来。她看到店里的服务生都戴上了圣诞的红帽子。很快,奶茶就上来了,店里的白糖是在小包里,而不是在传统茶餐厅的糖缸中。她撕开一包糖放进奶茶，想到自己没有高血糖，便又放了一包糖进去，拌匀后，心满意足地喝了一口。

冯碧玉并没有见过陈佩儿，她们是在网上认识的。

一年前，碧玉荣休。她为此性情大好，感觉自己走向了人生第二春。因为她骨子里是个清静的人，虽说不上有社交恐惧症，但和人交往并不令她开心。碧玉之前在政府的一个公众部门工作，需要频繁地与陌生人打交道。她有一段时间甚至患上了轻度的抑郁症。

退休后，她马上删除了大部分她认为没必要的群，只留下一个唱歌交流群。在这种群里，大家互相都不认识，只是凭爱好走到一起，最符合她的心意。她喜欢唱歌，她的网名"哎哟妈妈"取自一首印尼民歌。碧玉每天在群内练习唱歌，跟各种老师学唱歌，或者听别的群友唱歌。

她和陈佩儿就是这样认识的。

厚多士上来了。她切了一小块放进嘴里，看到那个在酒店柜台摆松果的男柜员走了进来，还是穿着那套深色的工作服，木着一张脸，打着煲肽。他挑了一张正对她的小圆桌坐下，好像没有看到她一样。碧玉想起她刚刚办入住的时候，柜员要看通行证。当时她说放在箱子里了，柜员有点诧异地说："通行证放在箱子里？"但他很快又止住不问了，迟疑了一下补充道："那你先到房间放行李，回头补给我看吧。"

碧玉很感激。因为她的行李箱不仅重，还乱糟糟的。

手机亮了一下，她看到陈佩儿在信息里说："不好意思碧玉，我突然有点事，要迟到了，但不会很久，当你吃到第三块多士，我就会出现在你面前。"碧玉正准备回信息，突然手机屏幕上出现了这么一段话：

"甘頭先呢我坐坐下車，隔一陣feel到嘀空氣中突然間暖咗五度甘，車就播緊《靈魂相認》。我淨系記得有一個人著住格仔恤衫打煲肽，背景系一個完全白色發光的畫面。所以就問嚇你系米關你事。

"唔系甘樣，而家佢系又遊走系唔同嘅time space，成個世界就是唔同嘅time space，所有time space同時發生永恆性存在，唔系兩個而系無數個，而佢從來都系遊走系唔同time space。"

碧玉看得一头雾水。文字里夹杂着粤语、英文和繁体字，她读起来很吃力。琢磨了一会儿，她觉得这段话的意思大概是：

"刚才我在车里坐着，不一会儿感到四周突然暖了五摄氏度左右，那时车里播放着《灵魂相认》。我只记得一个穿着格子衬衫、打着领带的人坐在那里，背景泛着白光。所以问问是不是关你事。"

"不是这样，现在他行走在不同的时空。整个世界由不同的时空组成，所有时空同时发生而且永远存在，不只有两个而是无数个。他从来都是游走在不同的时空。"

似乎是一个人去了另外的空间……

她放下手机，喝一口奶茶，吃第二块多士。这时茶餐厅逐渐热闹，一个瘦削的年轻男人走了进来。他的穿着有些奇怪，头上是一顶上世纪初的白帽子，戴着一副溥仪式圆墨镜，穿着一件唐装长衫，像个电影里走出来的人物。碧玉想，毕竟是香港，有这样的穿着也不奇怪。没有人理会他，他和几个人擦肩而过，径直坐到碧玉对面的小圆桌旁。餐厅里还是有空桌子的，没有满，碧玉想提醒他，但奇怪的是店员好像根本没有看到他,继续看着手机。他对碧玉做了一个噤声的手势。虽然位置很窄,但他神情怡然地坐下来,仿佛面前是一张红木八仙桌,桌子上出现了一杯热腾腾的奶茶,冒出碧绿色的烟。奶茶旁边瞬间多一个精致的盘子,上面盛着一根香肠和两粒黄皮。一切都是悄然无声的。碧玉的手机又亮了一下,出现了几句英文:

"Goodbye my friend, see another you in another reality."

"He flashes through everyone who ever existed in his life."

"And then he has gone to play."

她关上手机。脑子有点乱。

果然,吃第三块多士的时候,陈佩儿出现在餐厅门口。在火车上的时候,她发过一张照片给碧玉,一身的搭配可以说乱七八糟,毫无章法。衣服和裤子的颜色是那种令你过后完全想不起来的,也没有任何款式。她还戴着墨镜,在手机里说自己不久前去做了白内障手术,眼睛不时会流泪,所以一定要戴有色的眼镜。她还写了很长一段文字,描述自己去看眼科医生的经历。因为是香港人,她用的都是粤语繁体字,碧玉看得十分头痛,所以也没有看完。但当她出现在茶餐厅门口时,碧玉一眼就认定是她了。她朝碧玉扬扬手,碧玉对着她举起那块牌子。她一阵风地走过来。她是小个子,身高大概一米五六,有点偏瘦,但精神不错,戴着一副红白相间的口罩,因为脸小,口罩基本把她的脸挡住了。一副茶色的眼镜,手里还拿着一把伞。碧玉看看门外,虽然是阴天,但没有下雨。

佩儿在碧玉对面坐下,俩人握了握手。

佩儿隔着口罩说:"很冷吧?"

碧玉回答:"不冷,比广州暖和多了。我还嫌衣服穿多了,没想到香港这么暖。"她穿着高领毛衣,脖子都出汗了。前面卡座的一个年轻人穿着短袖衣服。

碧玉看看周围:"都到了吗?"

佩儿回答:"你先到的。"

她看看碧玉的多士,皱着眉头说:"没要酸汤猪扒?"

碧玉摇摇头。

佩儿脱下眼镜,定神看着碧玉,两只眼睛一动不动。

佩儿说:"我们也许在什么地方见过面?"

碧玉摇摇头:"不可能。"

脱了眼镜的佩儿两眼无神,无精打采。根据碧玉的经验来看,她肯定是长期吃安眠药的人。佩儿很快又把眼镜戴上。

在佩儿的眼中,碧玉完全就是一个变了形的肥婆。之前碧玉发过一张年轻时的照片给自己,百分百的大美人,现代版林黛玉,身材高挑苗条,亭亭玉立。而面前的碧玉,判若两人,样子走了形,脸上的肉快把眼睛挤掉了,但难得风韵犹存,总不知在什么地方透出一股妩媚。因为个子高,又发胖,佩儿在担心她叫出租车时会不会被拒载。她想到这里,差点笑了出来。

佩儿扬了扬眉毛,也不说什么,只是催她:"那你快吃,我们一会儿先去买东西,你不是说要买菊花和南北杏吗?"她又笑笑说:"没见过来香港买菊花的,都说要来买药油。我朋友都去你们沙面对面街买药材。"

二人起身,碧玉看看对面,戴白帽子的青年男子已经消失了,但香肠和两粒黄皮竟然还在。酒店店员这时也看到面前的盘子,脸色大变,茫然地看看周围。佩儿拉着她走出门口。

茶餐厅出来是一个十字路口,佩儿指着马路正对面说:"一直走有APM[1],或许你想看一场电影?最近有《拿破仑》上映,不过这出戏你番广州也有的看,或者看香港本地产的?"

碧玉摇摇头,又说:"这附近有惠康[2]的吧?"

佩儿:"买鸡精吗?"

碧玉:"皮蛋。"

佩儿一下子笑得蹲在地上,指着她:"你,你……"

笑了好一会儿,她站起来说:"人人都来香港买名牌,你来买皮蛋?"

碧玉无限向往地说:"惠康的皮蛋真是溏心的,像我小时候吃到的皮蛋。"

俩人说说笑笑地过了马路,一直走。香港的马路窄窄的,让碧玉感觉到一股热闹的烟火气。经过一家卖凉茶的铺面时,佩儿问她:"要喝吗?"碧玉看了看,没有自己想喝的,这个时候,她很想喝罗汉果菊花茶。佩儿说:"有刚煲好的鲮鱼粉葛汤,想喝吗?"

碧玉看看店子,闻到一点儿葛菜的味道,便点点头。

这是家很小的店面,只有两张小圆桌。刚坐下,碧玉

---

1 位于香港九龙观塘区的一个大型购物商场。
2 香港的一个连锁超市品牌。

的手机又响了一下。她下意识地掏出来，看到又是刚才的那个页面，又是那种无头无尾的话：

"同佢讲但系呢个reality里面的人觉得你死佐，甘我当时就觉得心口有嘀艺同埋个肚有嘀吴舒服，而佢嘅反应系doesn't matter，可能系呢一个reality嘅story line件事系甘样发生系变成左甘样，但系对于佢来讲佢根本never really exist。"

碧玉叹气。

佩儿问她："有什么事情吗？"

碧玉摇头。

二人低头喝汤。碧玉喝到的是汤料很少，加了味精的汤，简单地说就是味精汤。

佩儿眉飞色舞地问她："好喝吧，在广州喝不到？"

碧玉啼笑皆非，扁了一下嘴。然后问佩儿："APM有玛莎[1]吗？"

佩儿："你找玛莎做什么？"

---

1 即玛莎百货（Marks&Spencer），一家英国大型跨国零售商。

碧玉皱起眉头："买连裤袜。我发胖以后，在国内就买不到连裤袜了，不管加大还是加加大，一律穿不上去。几年前在玛莎买过，不仅尺码合适，款式、质量也很不错。"

佩儿说："哦，这样啊。"

二人出店，继续往前走。因为那几条让她摸不着头脑的短信，碧玉显得心事重重。

位于地铁口的APM旁，有一个很大的招牌，写着"米线阵"。二人快步进去，看到一层的圣诞小镇已经摆好，有六七棵金光闪闪的圣诞树，还有极光小屋，一派欢乐气氛。碧玉情不自禁地哼起了《欢乐颂》的调调。她们先看见卖英国茶的地方，碧玉想买邮箱茶包，但发现没有，都是各种的花茶和果茶。有一个卖茶具的柜台，摆着俄罗斯的大肚茶壶，碧玉如数家珍般说起来："十多年前我从俄罗斯背了一只回来，搬了好几次家，居然还保存得很好。"说着俩人就蹲了下来，开始研究起茶壶。

看了一会儿茶具，佩儿站起来说："我们走吧。晚上还有一个聚会，中山的已经来了。"她把手机递给碧玉看。碧玉发现佩儿所言的中山男子就是刚刚她在茶餐厅看到的戴白帽子的男子，不禁脸色大变。佩儿说："有点奇怪是吧。这个白帽子是旧式的,民国的时候很流行。不过前一阵子我去越南旅行,在第五区见到有华人戴。"

碧玉说:"这个男子刚刚就在茶餐厅里,就坐在我们对面。但是后来突然就消失了,仿佛溶解在空气中。"

佩儿说:"这不可能。不管他了,我们赶快去玛莎买你的连裤袜。"

二人在圣诞小镇旁边的商场指引图上找到了玛莎,在地下一层。碧玉看到一间很小的店,衣服样式都非常普通,按照碧玉的说法,完全就是个大妈店。俩人也不看衣服,径直找到卖袜子的地方。倒还是有连裤袜,但品质都很差,像碧玉当年买的羊毛通花的那种,根本找不到。两人感慨连玛莎这样的大商场,也像无数曾辉煌的品牌一样衰败了。碧玉最后只能矮子里挑高个,买了两双大号的,还特意问了服务生,得到一定可以穿的答复后才付款。

这时天色已经暗下来,地铁口人头攒动。佩儿问碧玉:"你去过重庆大厦吗?"碧玉不解地问道:"我为什么要去重庆大厦?我又不是观光客。"佩儿说:"去吧,我们坐地铁去,就两站地,今晚聚会的地方离那里很近。去那里的'大家乐'饮奶茶。那里的奶茶是全香港最经典的。"碧玉回答:"那好吧,我就客随主人。"

两人乘地铁来到重庆大厦,这是一座充满故事的高楼。喝奶茶的时候,佩儿拿出一张菜单来给碧玉看。

超值全包宴:鸿运脆皮皇子猪全体、柚子蜜虾球、西蓝花炒带子珊瑚蚌、蟹粉扒豆苗、竹笏海皇烩燕窝、蚝皇原只鲍鱼扣花菇(十二只)、榄豉酱蒸蝴蝶龙趸斑(一条)、脆皮酱烧鸡(一只)、腊味糯米饭、欢乐大蟠桃(十二只)。十二位敬送百威啤酒两支、饮品两扎。共合港币1998(周一至周四),2988(公众假期和周五至周日)。

碧玉看完,羡慕地说:"这个价钱,太良心了。广州绝对吃不到。"

她包里的手机又响了一下。佩儿说:"你手机响了好几次了,你都不看?"碧玉皱着眉头说:"是诈骗电话。"佩儿甜蜜地笑起来,说:"骗子专门找我们这种感情缺失的人。"

碧玉看着她,啼笑皆非。

唱歌群里基本是唱传统民歌的。一天她听到有人用粤语唱雷安娜的《旧梦不须记》,虽然一听就是没有经过训练的,但唱得慢条斯理,很忧愁。那种忧愁打动了她,她一下子就记住了这个声音。唱歌的就是佩儿。

她喝了一口奶茶,并没有觉得和下午在茶餐厅喝的奶茶有什么区别。她之前去印度旅行的时候,曾被从新德里到泰姬陵的火车上的奶茶包所惊艳,后来再也喝不到那么好的奶茶了。

碧玉问佩儿:"你不是说叫我来听一个粤剧堂会的吗?"

佩儿喝了一口奶茶,无限享受地说:"我就是喜欢喝大家乐的奶茶。"接着放下茶杯,慢条斯理地解释道:"马来西亚的两姑侄要明天才到,那个姑姑前段时间出了车祸,截肢了,要来香港装假肢。还有一对年轻夫妻是从澳门过来的,说是澳门第一代赌王的后代,可能晚上迟一点才到。还有一个中山的,你不是说看见了吗?"她看了一眼碧玉,"还有广州来的一个戏班老板,姓林,有一门绝门功夫,可以像女人一样裹着脚,再踮起脚在舞台上做武打。还有一个江门唱木鱼的,是瞎眼的。"佩儿越说越兴奋,"还有一个澳门的老妇人,专唱南音的,听说她有一件宝贝'竹水衣',各大粤剧博物馆都问她要……"

碧玉打断她:"他们准备排什么戏呢?"

佩儿:"戏名叫《大闹广昌隆》,老戏。我看过电视剧的,吕良伟演男主角。"

碧玉包里的手机又响。佩儿说："你赶快看一看吧，是不是广州那边有什么事情了？"

碧玉从包里拿出手机，刚才的界面又跳出刚才的几行英文。

"Another……"碧玉喃喃自语，独自发呆，脑子里好像闪过一些时而模糊时而清晰的画面。

佩儿还在兴奋地说："《大闹广昌隆》就是好莱坞电影《人鬼情未了》的粤剧版，而且比这个电影要早一百多年。最早是木鱼歌，讲一个女人被负情，变成女鬼复仇的故事，比《人鬼情未了》精彩多了。"

碧玉的脑子里突然出现了一个场景。空中飘着细雨，一座老式客栈寂寞地坐落在一处低矮的山岗上。客栈向她打开了一个房间，微弱的光线下，一部旧式留声机慢条斯理地转动，粤剧老倌文觉非的唱段响起：

"见到房间物件摆到整齐，老细声声话有鬼，看房间摆设似足深闺。台椅酸枝呢云石砌，仲有五彩花瓶在桌上摆齐，字画两边挂满都系，居然文雅又光辉，等我行近床前等我睇一睇。居然龙须席衬八幅罗苇，仲有一副简装未有残废，但系胭脂水粉依然见，正是当年个女流在此间梳髻。咦,只见两枝杨柳在床角插齐,又见几只朱砂壶。揭开蚊帐里底,做乜张床对住张墨水钟馗,似系自己疑心多暗鬼。庸人自扰。训觉罢啦。"

随着文觉非的吟唱,房间的细节逐一出现在她的眼前,像放电影一样。她还看见酸枝云石台崩了一只角。

碧玉用力甩头,努力使自己走出幻觉:"是不是戏里面有个琼芳客栈?"

佩儿惊得差点把奶茶喷出来:"你怎么知道的?"

碧玉还是没有走出来,眼前出现年轻的佩儿一身戏服正坐在酸枝椅上化戏妆。

"Another……"碧玉再次喃喃自语。

"Another?"佩儿朝她眨眨眼睛。

凌易在重阳节的前一天,茫然地站在澳门的新马路上。他昨天在金沙赌场玩老虎机到凌晨四点。有工作人员来跟他说有免费房间,问他住不住。他当时在离金沙隔一条街的酒店订了房间,他便摇了一下头。凌易就是这样,从来不愿意要人家的小恩小惠。

他开头的运气很好,一坐下来就赢了六千块。看着老虎机上面的财神在不断微笑,他确实很开心。他之所以爱玩老虎机,正是为了这一瞬间。但每次走出赌场后,他都会失落,觉得精神不振。他到过澳门无数次,但是从来没去过任何称之为景点的地方,他每次都直奔赌场。而且他基本什么也不玩,就喜欢玩老虎机。有一次在他身边坐着一个和他有同样爱好的老太太。那个老太太玩了几把就开始跟他聊天,他看到老太太下的赌注很大,便有一搭没一搭地问老太太:"你就是这样度过余生了吗?"老太太听完后惊讶地看看他。

这个老太太是个粤剧迷。她家在前一二十年发了财,老公又对她很好,给了足够的钱让她在全世界喜欢的地方游玩。为了能在澳门多次出入,老太太甚至用离境护照买的飞机票,进了澳门,然后又退机票,这样来保证自己在澳门停留的时间。凌易因为多次在同一个赌场见到她,两人又都说粤语,有点相见恨晚的感觉。

这次到金沙,他又看见了这个老太太,穿戴整整齐齐,一丝不苟的。她一直喜欢穿那种镶金色的衣服,素色的裤子。他奇怪为什么老太太旁边还带着一张凳子,便问她带凳子干什么。她说有时候直接从国外过来,等过海关的时候要排队,她腿脚不方便,所以总要带上一只可以折叠的凳子。她今天是直接从机场过来的，所以凳子也没放到酒店。凌易是越来越喜欢这个老太太了，觉得她身上有一股从容的气质。凌易站起来，去饮料机端了一杯冰可乐给老太太，老太太摇头说她不能喝冰的东西，他就又去拿了一杯常温的可乐给老太太。

老太太慈祥地看着他笑着说："你怎么对我这么好？"

凌易也笑笑答道："我觉得你很像我的奶奶。"

老太太微微歪头，专注看着凌易问道："你奶奶是澳门人？"

凌易吃了一惊，问她："您怎么知道？"

老太太眼里浮现出一种百感交集的神情，但也只是那么一瞬间，她摇摇头说："我猜的。"

马上就到凌晨了，赌场里面人越来越多。零点一过，突然间凌易的机子就响起了欢乐的声音。好多人围了上来。老太太对他说："你看今天是重阳节，你的奶奶在上面护佑着你。"不久老太太说她困了，就回房间休息去了。

凌易的祖先在澳门的上空看着他。

凌易看看天空，湛蓝的天上有飞翔的鸽子。他并没有看祖先，但是他却感到有一股温暖的力量从上空倾注而下，让他觉得从头到脚都暖洋洋的。他没有去多想这股力量到底是什么。他告诉自己，也许是阳光。凌易继续茫然地走着，有很多云彩迅速地从四面八方聚集到他头上。他小时候喜欢抬头看云，总觉得千姿百态的云朵里藏着什么特殊的意义。他奶奶好几次跟他提到一个女人，说这个女人是她的恩人，引导她参加了同盟会，走上了认识世界的道路。但是这个女人是一个我行我素的人，当年曾把家里的地契当了去赎一个戏班的女子，然后两个人一起去广州，参加广州起义。那次起义失败了，恩人的朋友也在起义中献出了年轻的生命。奶奶说她的恩人在此事后变得非常消沉，以至于彻底脱离了他们，了无踪迹。

　　他奶奶一直说要找这位恩人。但无论是在澳门、香港，还是夏威夷、旧金山和温哥华等华人聚居的大城市里，都没能找到她。于是有传言说她在澳门海边跳悬崖自杀了。他奶奶每次提到这里，都会含着泪水反复念叨这句话："革命总是要付出代价的……"她在病重时经常说："她来接我了……"说这话时，奶奶脸上伴随的却是一片祥和。凌易也查过很多资料，也有资料显示出他奶奶所说的恩人最后是跳海自杀的，但是因为这对于革命史是一个污点，所以也是模模糊糊的线索。但他查到爷爷写的一首旧体诗，应该是对这件事情的哀悼：

> 伤心人别有怀抱，撒手人间亦可哀。
> 从此茫茫空海阔，天涯无复故人来。
> 三年前事浑如梦，回首西屯日正斜。
> 烟柳晚风归梧后，听弦残夜泪双垂。
> 哪知一别竟如此，肠断灯前展旧封。

这首旧体诗是在一本当时革命党出版的油印杂志上找到的。杂志封面是一个骷髅。

凌易的想法是沿着他奶奶当时参加同盟会到广州参加起义的路线走一趟。

路线的开头是从珠海斗门坐船到澳门，当年他奶奶就是从斗门避难到的澳门，从而改变了自己的一生。但现在已经不用坐船了，在拱北海关就可以过。他为这件事纠结了很长时间，到底是从斗门租一条当年奶奶坐的龙头船去澳门呢，还是从拱北海关走？坐龙头船会更贴近历史，但是他听说了一下，时间也比较长，要七八个小时。他最后决定还是从拱北海关过，这样他就可以节省一些时间。之前他每次去拱北海关的时候都要排很长的队,但这次没有那么多人。他曾问过奶奶有没有从拱北回过澳门,奶奶摇摇头,说自从广州起义后,她就没有再回过澳门。

凌易的奶奶有时候还会提到佩儿。唱咸水歌的佩儿,她的恩人要从戏班里赎出来的那个佩儿,到后来也再没见过了。在他寻找的所有的同盟会名册里面,也没有佩儿的名字。

他奶奶说那天晚上佩儿从大新街出走以后,就不知所终了。后来看到通缉令,说她放火烧了同福大戏院旁边的一个洗衣房,大火波及洗衣房旁边的伍家花园。

凌易现在住的这条街叫新马路,是澳门最著名的一条街,基本所有的游客都在这条街上住,因为这里离著名的大三巴和市政广场很近。卖点心的店铺也很多,杏仁饼、陈皮饼,还有猪肉脯的。整条街都弥漫着猪肉脯的甜蜜味道。

他走出酒店,转到酒店后面的小巷,看看能不能找到奶奶所说的佩儿在那里的怡红院。他经过许多骑楼,骑楼下许多卖药的铺子,还有几间摆着名表的当铺和几家吃海鲜的店。他还是没有找到。

到了晚上,他去陶陶居吃了一顿海鲜,觉得比广州的陶陶居有味道多了。他沮丧地回到酒店,因为签证只有七天,他要在这七天里面找到很多东西。否则只有下次再来。

酒店的大堂旁有一个鱼缸和一张沙发,酒店服务生跟他说这张沙发有好几百年的历史了。他这天回去的时候觉得有些累,就在这张木沙发上坐了一下,看了看鱼缸里悠然的鱼。恍惚中,他好像看见之前那个玩老虎机的老太太出现在大堂。但他起身再看的时候,又没有了人影。他感到茫然,心想是不是自己太累而产生了幻觉?一阵前思后想中,凌易闻到一股佛手柑的香味,也就在这一刹那,他突然领悟到这个和他有着同样爱好的老太太,就是他奶奶千辛万苦寻找的佩儿,那个会唱咸水歌的佩儿。他现在住的这个地方,就是当年福隆戏班的地址,就是佩儿和王妈妈在这里做"巧果"的地方,也是碧玉经常来找佩儿的地方。

凌易站起来,冲到大堂,站在那里喊:"佩儿!"

他是替自己的奶奶喊,替投水自尽的碧玉喊。

没有人回应他。

他今天打算去看一下葬于澳门旧西洋坟场的祖上。

凌易选了农历九月九重阳节这个时候来澳门。最重要的就是要在他祖上的坟墓前献一束鲜花。当他找到祖上的坟墓时，却看到石碑上已经摆放了鲜花。他慢慢走过去，把手上的花束放到那束花的旁边。

从西洋坟场可以清晰地看到主教山和炮台山。他的奶奶初来澳门时，看到未来的亲人，就是那个神秘女人，穿着一条黑色的裙子，一双黑色的皮鞋，正准备去主教山教堂做礼拜。

在他抬头仰望主教山的时候，旁边有一个戴着墨镜的年轻人走到旁边的墓碑前。他从黑色的双肩包里拿出一台笨重的老式录音机，然后放在墓碑上边，恭敬地鞠了三个躬。接着他从包里拿出五个苹果和两束鲜花摆在墓前，并按下录音机的带子。一阵哗哗的声音走过，传出粤语歌声，歌词大概是这样的：

夜静更深对朗月，朗月清辉亮

行遍天涯离开家园，沉痛看月亮

何堪天涯回首家乡，夜夜暗盼望

笑对朗月，月光光照地塘上

照着欢畅团叙愉快，温暖处乐也洋洋……

月亮光光,月亮光光……

去去去,去家千里梦回故乡上

悲秋风,独流浪那堪飘泊嗟风霜

冷落痛心岁月无情,飘泊流浪

哪日哪朝鸟倦还巢,春柳岸,啊——

深秋倍念家乡最断肠……

凌易听出这是郑少秋唱的《天涯孤客》,他不太记得全曲,但小时候常听奶奶唱。每当哄他睡觉时,奶奶一边泛着泪花一边哼着这首歌。奶奶说那个佩儿,当时就是唱着这首歌见到了王妈妈,然后留在了福隆戏班,然后又唱着这首歌参加了革命。

等他再转过头的时候,戴墨镜的年轻人已经离开了,唯有那台录音机仍在反反复复地播放着《天涯孤客》。歌声在荒无人烟的墓地里游荡,在透明无瑕的天空中盘旋。

依着记忆中从奶奶那听来的旋律,凌易不禁也慢慢哼了起来。他心里感到了空虚,好像五脏六腑都慢慢地被歌词套了出来,化作一道彩虹,向岁月深处飞去。